猫神主人のばけねこカフェ

桔梗 楓 Kaede Kikyo

アルファポリス文庫

http://www.alphapolis.co.jp/

プロローグ　猫神主人のばけねこカフェ

ドアを開けば、チリリンと鈴の音がした。

「いらっしゃいませ。ねこのふカフェにようこそ！」

店員の軽快な挨拶(あいさつ)と共にタタッと走り寄ってきたのは、濡(ぬ)れ鴉(がらす)のようにしっとりとした毛並みを持つ、黒い猫。

黒猫は透明度のあるアイスブルーの瞳でまっすぐに客を見つめて、にゃーんと可愛らしく鳴いた。

『ねこのふカフェ』

ここはネットや口コミで人気を集める、巷(ちまた)で話題の猫カフェだ。

個性的な猫が出迎えてくれる。愛嬌(あいきょう)のある猫がいる。猫好きにはたまらない猫カフェ！

そんな噂を聞いてやってきた客は、誰もが「なるほど」と納得するだろう。

席に座ると、早速ふかふか毛の三毛猫が膝に乗ってくる。

すべらかな手触りの頭を撫でれば、三毛猫は目を細めてゴロゴロと喉を鳴らす。

愛想のいい猫に客が相好を崩した時、店員が注文を聞きにきた。

長い黒髪をふたつに分けておさげにした、笑顔が似合う元気そうな女性の店員で、ベージュ色のカフェエプロンの裾には、白い肉球の柄がプリントされている。

メニューを渡された客は「さて、なにを頼もう」と、悩み顔になった。

ねこのふスペシャルランチ。季節のケーキセット。ラテアート。

客がメニューに指をさまよわせていると、ストッとテーブルに猫が乗ってきた。それは、トロンとした垂れ目がチャーミングなアメリカンショートヘアだ。

ふわふわした小さい前足で、チョンチョンとメニューを叩く猫が指しているのは『ねこおやつ』だった。

一袋百円。これを買えば猫におやつをあげることができるのだ。

「欲しいのかい？」

客が撫でようとした途端、アメリカンショートヘアはプイとそっぽを向いて、尻尾でぺしっと手を叩く。

——おやつをくれなきゃ触らせてあげない。

まるでそう言っているみたいに見える仕草に、客は思わず笑いをこぼし、『ねこおやつ』と、『ねこのふスペシャルランチ』を注文した。

カウンターには渋い口ひげを生やしたマスターが控えており、店員の注文を受けると調理を始めた。

客は自分の注文品が来るまでの間、猫におやつをやる。

チューブの包装をちぎった瞬間、アメリカンショートヘアの瞳がきらりと光った。

「にゃん、にゃん！」

前足でくいくいと手招きする猫はひげをピンと立たせて、期待に満ちた顔で見上げてくる。

中からペースト状の餌を出すと、猫は嬉しそうにペロペロとチューブの口を舐めた。

「にゃー！」

膝に乗っていた三毛猫も、欲しがってグルグルと喉を鳴らす。

「順番だよ」

客が猫に話しかけていたら、足元へ別の猫が擦り寄ってきた。

「なぁ～ん」

最初に出迎えてくれた黒猫だ。おやつが欲しいのか、甘えた声を出す。

三匹の猫たちに囲まれて客がデレデレし始めた時、ふいに野太い猫の鳴き声が響いた。

「うにゃ～ご。なぁ～～ご」

まるで中年男性が猫の真似をしたような、お世辞にも可愛いとは言いがたい声である。

客が怖いもの見たさで恐る恐る後ろを振り向くと、そこにはつい二度見するほど大きな猫がいた。

白い台座に、ふかふかの座布団。そこにどっしりと座るのは、通常の猫の三倍は巨大な猫。……言い換えると『でぶ猫』である。

ペルシャ猫のようだが、非常に貫禄（かんろく）があり、相撲（すもう）でも取ったら強そうだ。

眼光鋭い金の瞳を持つその猫は、佇（たたず）まいに風格があり、面持（おもも）ちにも威厳がある。

だが、とてもじゃないが可愛いとは言いがたい。

それなのに、客は目をそらせなかった。なんというか奇妙なカリスマがあるのだ。

「ぬなぁ～ご」

中年男性の声色で、猫が猫撫で声を出した。本人（猫）としては、甘えているつもりらしい。

反応に困った客が固まっていると、ペルシャ猫はおもむろに前足を上げた。

そして——おいで、おいでと、猫招きをする。

リアル猫招きである。

だが、猫の迫力がありすぎて、福どころか余計なものまで招きそうだ。

客は立ち上がると、ペルシャ猫に近づいた。台座には木製のプレートが貼ってあり、『ねこのふカフェの守り神・ウバちゃんです』と記してある。

「守り神？」

客は首を傾げた。

確かにでぶ猫は『神様』と言われても納得できそうな貫禄がある。悪く言えばとことん偉そうにふんぞり返っている。

猫の前にはミニチュアの賽銭箱（さいせんばこ）が置かれていて、客は誘われるように十円玉をチャリンと入れた。

すると、でぶ猫は前足を上げて差し出す。そして、つられて出した客の手のひらにポフッと前足を載せた。

「ニャアアン。ニャー。ウニァ〜」

ダミ声でなにか話している。猫なのだから喋るわけがないが「よきにはからえ」と言わんばかりの尊大かつおおらかな雰囲気だ。

でぶ猫は、チョイチョイと賽銭箱(さいせんばこ)を前足で叩いた。どうやらさらなる賽銭を催促しているらしい。なかなかアコギな猫である。

「ニャン、ニャーン」

客の足元でおやつの続きをねだる甘え上手な猫たち。客は気を取り直して、三匹の猫に順番におやつをあげた。

黒猫はチューブタイプのおやつをぺろぺろと舐めると、ついでに客の手も舐めて、スリスリと擦り寄る。

三毛猫はおやつに満足したのか、ぐいーんと背伸びをしてから、お行儀よくお座りをしてペコリと頭を下げた。

「ニャン！」

そして元気よく鳴くと、その場でクルンと一回転する。

「えっ」

客は驚きの声を出した。

猫が、芸をしたのだ。犬が芸をするのは普通だが、猫が芸をするのは珍しい。しかも三毛猫に続いて、アメリカンショートヘアと黒猫も次々に一回転する。

ニャー、ニャー、ニャー。うにゃ～ご！

最後に鳴いたのはあのでぶ猫、ウバだ。ウバはのっそりと二本足で立ち上がると、前足でテシテシと二拍し、ペコリと頭を下げて座り直す。

客は、唖然（あぜん）とした表情を浮かべた。

猫が二本足で立つ……まあ、立つこともあるだろう。でも、前足で拍手などできるだろうか？　いや、できなくもない……か？　頭を下げて礼をする。……人間なら簡単な仕草だが、猫では見たことがない。

客はおっかなびっくり店員を振り返った。

黒髪をふたつに分けておさげにした女性の店員は、愛想よく笑みを浮かべる。

「うちの猫ちゃん、とっても芸達者なんですよ！」

そう言った彼女がテーブルに置いたのは、サラダとオムライス、スープのついたランチだ。

「そ、そうなんだ。すごい芸達者ですね」

芸と言われたら、芸なのだろう。犬顔負けの芸だが、この広い世の中、芸のうまい猫がいてもおかしくないだろう。多分。

客はそう無理矢理自分を納得させ、ランチを食べ始めた。

「なぁ〜ん」

客が食事をしている最中も、猫たちは全力で愛想を振る。

食事の邪魔をしない程度にスリスリしたり、傍(そば)でお座りをしたり。

人懐こい猫に囲まれて、客はオムライスを頬張りながら幸せそうな顔をした。

「また来ますね」

会計時にそう言い残し、満足げに帰っていく客を、店員は笑顔で見送った。

客の捌(は)けた店内。

一息ついたおさげの店員は、猫たちをジロリと横目で睨んだ。

「もう、みんな。芸ってごまかすのも一苦労なんだから。やりすぎたらだめだよ！」

店員の叱責に、でぶ猫のウバはのんきにあくびをした。そして、人間の言葉で答える。

「これくらい問題にもならぬわ。客の満足そうな顔を見たか？　すべてわらわの愛くるしい仕草のおかげじゃな！」

ウバが偉そうにふんぞり返る。だが、すかさずアメリカンショートヘアが「なぁ～に言ってるのよっ」と突っ込みを入れた。

「あたしの懐きテクが効を奏したに決まっているじゃない。猫だって色気を出してナンボよ！　甘く、艶(つや)やかに、客にソフトタッチするのが重要なのよっ」

「君が言うと非常にいかがわしく聞こえるのはなぜかな。猫スタッフに重要な要素を挙げるならば、僕の持つ『知的さ』だろう」

アメリカンショートヘアの隣で、フッと鼻で笑うのは雄の三毛猫だ。その尻尾の先は二本に枝分かれしている。

「わらわの愛らしさがわからぬとは、化け猫のまなこは節穴なのかのう」

「図体と態度だけデカイ猫神様に言われたくなーい。女なら、色気で勝負すべし！」

「僕は男だけど、猫の魅力を語るならば、知性は欠かせないファクターだ」

わーわーニャーニャーと三匹の猫たちが好き勝手に言い争う中、店員の足元に黒猫が擦り寄ってきた。そして、心配そうにソワソワと歩き回る。

「美来（みらい）、ごめんな。猫らしくするのがむずかしくてさ。宙返りくらいなら大丈夫かなって思ったんだけど、だめだったか？　俺、猫っぽくなかったか？」

真摯（しんし）な瞳で見つめてくる黒猫に、店員はクスッと笑い、ヒョイと黒猫を抱き上げた。

「大丈夫。キリマは猫っぽいよ。ちょっと仕草が規格外だけどね」

軽く頭を撫でれば、ようやく黒猫はホッとしたようにゴロゴロと喉を鳴らした。


ここは、猫に見えて猫ではない『あやかし』がキャストを務める猫カフェ。

正真正銘の神様が主（あるじ）を務め、三匹の化け猫が客に愛嬌（あいきょう）を振りまく。

彼らはなにも、好き好んで猫カフェを切り盛りしているわけではない。

ただ、失われた力を取り戻すために奮闘しているのだ。

あやかし猫の事情を知る唯一の人間――鹿嶋（かしま）美来は、ふと過去を思い出す。

『ねこのふカフェ』が開かれる前。すべては、あの出会い——神社で猫を拾ったあの日から始まった。

第一章　捨て猫は猫神で、飼い猫は猫鬼で。

それを運命だと言うのなら、おそらくは、そうなのだろう。

今年で十九歳になる鹿嶋美来が毎朝欠かさずウォーキングをして、最寄りの神社に参拝するのを日課にしていることも、この出会いも、必然だったのだ。

桜が美しく咲きほころぶ四月。暖かい風に揺れ、花びらがひらひらと舞い落ちる。春爛漫といった境内の様子に心を和ませていた美来は、神社の隅に段ボールが置かれているのに気づいた。

にゃ〜あ。

そこから聞こえた鳴き声は、ダミ声だった。低く濁っており、可愛げが全くない。

美来が段ボールに近づいて中をのぞき込むと、灰色の猫が彼女を見つめていた。

くすんだ毛色をしているのに、目だけは爛々と金色に輝いている。

（大きいなあ）

それが美来の第一印象である。

成猫であることに間違いはなさそうだが、普通の猫の三倍はあるだろう。縦にも横にも大きくて、段ボールがぎゅうぎゅうになっている。一匹しかいないのにすし詰め状態、いや、箱寿司のようだ。

「圧倒的な存在感だね」

美来は膝をついて座り、猫の頭を撫でる。その毛並みは荒れていて、撫で心地もゴワッとしていた。

顔つきや毛の状態から見て、どうも年老いた猫らしい。目にヤニが溜まっており、健康状態が心配だった。すぐにでも獣医に診てもらう必要がありそうだ。

老猫だから捨てられたのだろうか。愛らしさとはほど遠い顔をしているせいで、飼い主にそっぽを向かれたのかもしれない。

なににしても可哀想な猫だ。

美来はこの子を連れていこうと決意して段ボールを持ち上げた。

「おもっ!!」

思っていたよりもずっと重量がある。米を運んでいる気分になりながら、美来は神社を後にした。近くに、早朝から開くなじみの動物病院があるのだ。そこで一通りの診察を受けてもらおう。

拾うか拾わないか。そんなこと、ちっとも悩まなかった。

出会ったからには飼うのだ。美来の心に、そのまま捨て置くという選択肢はなかった。

朝の診察時間を待って、顔なじみの獣医に猫を診（み）てもらったところ、猫の状態は美来が想像していたよりも悪かった。すぐさま適切な処置が施（ほどこ）される。

診察が終わると、動物病院から家に向かった。帰りの道すがら、美来は段ボールを「よいしょ」と抱え直す。

病院でペットキャリーを借りたかったのだが、巨大猫に合うサイズがなかったのだ。一体なにを食べたらこんなに大きくなるのだろう。

「君はえらかったね。注射を打たれても平気な顔をしていたし。我慢強いんだねー」

美来は声をかけた。猫はツンとそっぽを向いて「ニャア」と鳴くだけだ。相変わらずダミ声で、可愛げがない。

しかし、猫は不思議と逃げ出そうとはしなかった。病院でも大人しくしていたし、美来に爪を立てることもしない。

つまり、美来に飼われる気になっているのだろうか、それなら嬉しいが……そこまで考えた美来はハタと大事なことを思い出し、灰色の猫に話しかけた。

「あのね、今から行く家――私の家には、すでに猫が一匹住んでいるんだよ。だから仲良くしてほしいな。……って言っても、猫が人間の言葉を理解するわけないか」

大丈夫かなあと、美来はため息をつく。

猫にも相性はある。あまりに気が合わないなら、テリトリーを分ける必要があるだろう。だが、美来の住む家には両親も住んでいるから、猫のためにそこまでのスペースを作ることはできない。

「できれば喧嘩しないでほしいな。ただでさえ君を連れ帰ることでお父さんは怒るだろうし」

父は職業上、ペットを好まないところがある。

美来の家は、喫茶店を経営しているのだ。といっても、街はずれで繁盛もしていない、寂れた古い店なのだが。

「そーっと帰ろうね。そーっと」

美来は猫に囁き、コソコソと裏口から家に入った。

「ただいま……」

美来の住む家は今年で築五十年になる。見た目的にもなかなか年季の入った住宅で、祖父が亡くなり美来の父に相続されて以来、修繕を重ねていた。

裏口の先は台所だ。フローリングではなく古めかしい正方形のパネル床材が広がっていて、美来が歩くとギシギシ音が鳴る。美来はこっそりと、台所の端に猫の入った段ボールを置いた。猫を見せるのは後にして、先に両親の機嫌を窺おうと思ったのだ。

大丈夫。母は猫が好きだし、父も、説得すればなんとかいけるだろう。すでに猫を一匹飼っているのだ。もう一匹増えたところで問題はないはず。

「ん？」

キッチンの奥、廊下側から「ニャア」と声がした。

足音を立てずに黒い猫が近づいてくる。美来は膝をついて座ると、黒猫の頭を優しく撫でた。

「キリマ、ただいま」

黒猫――キリマの顎を人差し指で擦る。すると、キリマは目を瞑って気持ちよさそうに喉を鳴らした。

ぴくぴくとひげが揺れて、しなやかな尻尾がゆるりと上がる。

濡れ鴉のような艶のある毛並みを持つ、キリマ。

美来がそう名付けたこの猫もまた、あの神社で拾ったのだ。不思議な偶然である。

二年前の冬の朝、キリマは段ボールの中で震えていた。

拾った時の毛並みはゴワゴワに荒れており、見るからに衰弱していた。しかし現在はほどよくスッキリとした体形で毛艶もよく、飼い主の欲目もあるかもしれないが、『美猫』と言ってもいいだろう。美来が世話をしたキリマはすっかり彼女に懐いていて、今も甘えた鳴き声で美来の手に擦り寄った。

「キリマ。実は猫を拾ったの。先輩猫として、仲良くしてくれると嬉しいなあ」

その時、段ボールの中にいた灰色の猫がのっそりと起き上がる。キリマの三倍はある巨大猫がジロリと睨んだ途端、キリマが毛を大きく逆立てた。膨らませた尻尾をピンと立て、前かがみになりながら「フーッ」と威嚇し始める。

慌てたのは美来だ。いきなり臨戦態勢だなんて困る。まだ親に説明していないし、説得する前に喧嘩をされては、間違いなく父がいい顔をしない。

「キリマ待って！　お願い、落ち着い……」

「――まさかこんなところでそなたに出会うとはな。世間とは狭いものよの」

ふいに、トーンの低い女の声が聞こえた。美来は「へっ？」と間の抜けた声を出す。

慌てて辺りを見回すが、美来と猫二匹以外、台所には誰もいない。

「なんでお前がいるんだ。ここは俺のテリトリーだ。出ていけ！」

「ひゃ⁉」

今度は、涼やかで高い男性の声。それも明らかに、すぐ傍から聞こえている。

美来は目の前の猫たちを見た。まさかこの二匹が喋っているのだろうか。

「キ、キリマ、あなた、なんっ、いつの間に、人間の言葉なんか覚えたの⁉」

世の中には、人間の言葉のような鳴き声を出す面白い猫がいる。「ごはーん」とか「なんで」とか、鳴き声がそんな風に聞こえる個性的な猫だ。

しかし今の声は、明らかに日本語だった。猫は訓練するとあんなにベラベラと話せるものなのだろうか。いや、そんなはずはない。

「ええ⁉　ちょっ、落ち着け私。いやいやキリマ、どうしちゃったの⁉」

混乱しつつ声を上げる美来に、キリマは「はあ」とため息をつく。

「こうなることが予想できていたから、俺はずっと隠していたんだ。……美来、落ち着け。俺は猫であって猫ではない。だから、言葉を話すのはおかしいことじゃない」

「ね、ねこであってねこではない……ど、どういう意味？」

目を丸くしていると、キリマは前足と後ろ足を揃えて座り、尻尾をゆるりと曲げて美来を見る。

神妙な瞳はアイスブルー。口元のひげ袋はぴくぴくと震えている。

「俺は猫鬼（びょうき）。かつては人間に忌（い）み嫌われていた、病（やまい）の力を振るう鬼なんだ」

「猫鬼？　つまり、本当は猫じゃなくて鬼ってこと？」

「ああ。美来を怖がらせたくなかったから、ずっと猫のフリをしていたけどな」

美来は「ひえー」と呟いた。正直ドン引きである。自分の唇の端が引きつっているのがわかった。二年前に拾った猫が実は鬼だったなんて、一体誰が信じるだろう？　しかし目の前に座るキリマは、明らかに人の言葉を喋っている。普通の猫ではありえないことだった。

つまり、キリマが鬼であるのは真実なのだ。

「おぬしは病を溜め込む力すら失ったと見える。ほぼ、ただの猫に成り下がったのだな。言葉を喋るくらいが関の山か。情けないことよのう。『きりま』などという名までつけられおって、江戸を震撼させた鬼も、今や人間の飼い猫か」

段ボールの中にのっしりと座る大猫が、にんまりと金色の目を細めて言った。キリマはムッとしたように、目の前の猫を睨む。

「俺がどこでなにをしようが俺の勝手だろ。おまえこそ、ずっと山に閉じこもっていたくせに、一体なんの用で下りてきたんだ！」

牙を剥き出しにし、黒い尻尾をピンと立てる。前かがみの姿勢になって威嚇するキリマに、大猫は「フン」とピンク色の鼻を鳴らした。

「さして理由はない。しいて言うなら、暇を持て余したのだ」

「暇だと？」

「ああ。やることもないのでな。戯れに人里を見にきたのだ。適当な箱を見つけて寝床にしていたら、そこの人間が問答無用でわらわを運んでしまった。途中、やたら薬臭い場所で、不敬にも体をあちこち触られてな。まこと不快であった」

「え、ごめんなさい。捨て猫だと思ったし、体も汚かったから、ちゃんと病院で検査したかったんです」

美来はつい敬語で謝る。この汚い猫はやたらと態度が尊大で、奇妙な威厳を感じるのだ。

キリマは「山に閉じこもっていた」と言っていたが、一体この大猫は何者なのだろう？

美来が疑問を覚えていると、彼女の言葉に腹を立てたのか、大猫は段ボールの中で「シャーッ」と牙を剥いて美来を睨む。

「汚いとはなんだ不敬な娘め！　わらわは綺麗好きであるぞ。毎日毛繕いも欠かさず行っているのだ！」

「あのなあ。人の世界にはシャンプーというものがあるんだ。これで洗ってもらうとピカピカになるんだぞ。はっきり言ってお前は汚ねえよ。なんせ四百年も山に閉じこもっていたんだからな」

「よんひゃくねん!?」

美来が素っ頓狂な声を出す。すぐさま大猫が「いちいち騒ぐでない！」と叱咤した。

「そうよ。わらわは江戸の時代に生まれし猫の神。そこのふぬけ鬼と一緒にするでないわ。わらわは神の御業を持つ尊き存在なのだからな。敬うがよい、人間よ」

巨大な猫は四本足で立ち、のっそりと段ボールから出てくる。丸く太い尻尾に、もさもさの毛並み。改めて見ても、全く可愛げのない容姿をしている。

これが神なのか。美来はまじまじと大猫を見つめてしまう。確かに偉そうな口調だが、ちっとも神様には見えない。あと、臭い。はっきり言って単なる態度の大きい猫だ。

「猫神ねえ」

「わかるぞ娘。そなた、わらわの力を疑っておるな?」

ぎろりと睨まれ、美来はびくりと肩を震わせる。するとキリマが低く唸った。

「美来に手を出したら、俺が許さない」

「ほお？　力を失った鬼が、わらわになにをするのかの」

「落ちぶれたとはいえ、俺は猫鬼だ。刺し違えてでもお前を呪ってやるよ」

牙を剥き、殺意すら露わにしているキリマだが、その言葉に反応したのは美来だった。

「だめだよ！」

彼女が後ろからキリマを抱き上げる。

「なんだかよくわかんないけど、刺し違えるのはだめ！」

「美来。でも、俺は」

「言葉を話そうと猫鬼だろうと、キリマは私の大切な猫だよ。だから、そんなこと言わないで！」

つやつやの毛並みと優しいシャンプーの香り。抱きしめると温かくて、ふかふかしている。二年の間で、キリマはすっかり家族の一員になっていた。ぐるぐると喉を鳴らしたキリマは、借りてきた猫の如く、大人しくなる。

ふぅ、と巨大猫が呆れたようなため息をついた。

「まことふぬけおったな。もしや、人里に下りた猫どもは皆そうなっているのか」

ブツブツと猫が呟いた時、廊下側の扉がカチャリと開いた。

「美来～誰か来てるの？」

現れたのは美来の母、花代子だった。ボブカットの黒髪に、目が細く、おっとりした雰囲気をしている。顔の造りがあまり美来と似ていないのは、美来が父親似だからだ。

美来は慌てて猫たちの口を手でふさいだ。言葉を話すなというジェスチャーだ。

「お、お母さん、おはよう」

「おはよう～美来」

花代子は挨拶を交わしたあと、下を見た。そこには美来とキリマ、そしてふんぞり返っている大猫がいる。

「あら～また猫ちゃん拾ってきたの？　お父さん、怒るわよ？」

「うう、そこはちゃんと説得するつもり。ちゃんと病院で検査もしてきたよ」

「私は猫が大好きだから構わないけどね～。まあ、それにしても大きい猫ちゃんだわ～」

花代子はその場で膝をつき、大猫の頭を撫でた。すると、大猫はなぜか驚いたように目を見開き、ぷるぷると震え出す。半開きになった口元から鋭い牙がチラリとのぞいた。

「ボリュームたっぷりのぶた猫ちゃんね。うふふ、お顔もぶちゃいくで可愛い。うん、お母さんは気に入っちゃったな～」

軽々と大猫を持ち上げて抱きしめた花代子が、くんくんと匂いを嗅いだ。

「やっぱりちょっと臭うわね〜。じゃあ、お母さんがシャンプーしてあげます。美来は頑張ってお父さんを説得してね〜」

花代子は大猫を抱き上げたまま、すたすたと台所を出ていってしまった。終始母のペースで、美来は唖然とした表情でパタンと閉まるドアを見つめる。

「お母さん、猫神を問答無用で連れていっちゃった」

「『お母さん』はおっとりしてる割に、有無を言わせないところがあるからな。俺も、お母さんには全く逆らえない」

美来の腕の中で、キリマも呟く。

「……キリマもそうだったんだね」

そういえば二年前も、花代子はあの調子でキリマの首根っこを掴み上げシャンプーに連れていったのだ。

「それにしても、キリマが猫鬼だなんてね。全然わからなかったよ」

改めて美来がしみじみ言うと、キリマは耳をぺたんと伏せて俯いた。

「怖がるんじゃないかと不安だったんだ。それなら、猫のフリをしていようと思った。俺はただ、君の傍にいたかったから」

「キリマ……」

美来はキリマをぎゅっと抱きしめる。頬ずりをすると、なめらかな毛並みが心地よい。

「キリマが猫でも鬼でも関係ないよ。君は私の大切な家族なんだからね」

「美来……。むぅ、家族、か」

キリマがゴロゴロと喉を鳴らしながら、やや不満そうに呟く。美来が不思議に思って首を傾げると「なんでもない」と首を横に振った。

「美来がそう言ってくれるならよかった。俺はずっと、美来の傍にいていいんだな」

「もちろんだよ。それにキリマとお話しできるなんて嬉しい！　なんだかおかしな気分だけどね」

美来はくすくすと笑って、キリマを床に下ろした。

「さてと。お店が忙しくなる前に、お父さんを説得しないとね」

台所にある壁時計を見れば、今は八時四十五分を指している。開店は九時なので、あまりゆっくりしてはいられない。

美来はキャットフードと水を二匹分用意してから、水道で綺麗に手を洗い、アルコール消毒をした。そして裏口を出て隣に建つ店に入る。父が経営している喫茶店は実家と隣接しているのだ。

その喫茶店は、美来の実家と同じくらい古い外観だった。なにせ築年数は実家と同じで、まだ一度も改装されたことがないのだ。亡くなった祖父から父に経営者が変わっても、喫茶店は昭和の匂いを色濃く残したまま佇んでいた。レトロと言えば聞こえがいいが、悪く言えば近寄りがたい古めかしさがある。

美来が店の裏口から入ると、父、源郎はモーニングメニューの準備をしていた。今やこの店に来る客は常連ばかりで、新規客は全く見込めない状態にある。はっきり言って経営状況は芳しくない。

駅から歩いて十五分という恵まれない立地にも問題があった。駅前にはもっとオシャレなカフェが並んでいるし、わざわざ十五分も歩いてこの店に来る客はいない。

「お父さん、おはよ」

「美来か、おはよう。今日はバイトじゃないのか」

ステンレス製の大きなバットに湯を溜めていた源郎がこちらを見た。口ひげを綺麗にたくわえ、短い黒髪を横に分けた中年男性で、背丈がひょろりと長い。喫茶店のマスターというより、文壇（ぶんだん）にちなんだ職業についていそうだとよく常連客に言われているが、悲しいことに文才は全くない。

「今日はバイトは休みだよ。実はそのぅ……散歩中に猫を拾っちゃったんだけど……」

指をごにょごにょと絡ませながら呟くと、源郎は「はあ!?」と声を上げた。

「またか！　うちは喫茶店だぞ。衛生面でよくないとわかっているだろう?」

「わ、わかってるよ！　だから猫は絶対お店に入れないし、私もここに入る時は手洗いと消毒を欠かさずしてるじゃない」

言い返しつつ、美来は決まりが悪そうに源郎を見た。彼は真面目で堅物（かたぶつ）なのだ。食品を扱う場所の近くに動物を飼っているのが、どうしても落ち着かないらしい。

「それで、もう一匹飼っていいかな。というか、今お母さんがシャンプーしているけど」

「またそのパターンか！　どうせ動物病院も行ったんだろう?　外堀から埋めて、なあなあで飼おうって魂胆（こんたん）なのは見え見えなんだぞ」

これみよがしにため息をつく源郎。そう、キリマを飼う時もひと悶着（もんちゃく）あったのだ。源郎は反対していたのだが、美来と花代子が強引にキリマを世話して既成事実を作った。源郎はそのことを根に持っているのだ。

「まさか、この調子で三匹、四匹と増やすつもりじゃないだろうな」

「それはさすがにないと……思うけど」

「全く信用できない！　どうせ、また捨て猫を見つけたら拾うんだろ？　あのな、可哀想なのはわかるが、すべての捨て猫を飼うわけにはいかないんだぞ。美来のやってることは結局、自己満足に過ぎないんだ」

「わ、わかってるよ！」

　居心地悪く、美来は俯（うつむ）いた。高校を卒業して以来、美来はアルバイトをしながら実家で暮らしている。アルバイトの給料から自分の生活費を支払ってはいるものの、完全に独立しているとは言えない。そんな立場でペットという食い扶持（ぶち）を増やしていることに、親として源郎が怒るのも無理はなかった。

　だが、どうしても見捨てられなかったのだ。なんとか今回だけでも大目に見てもらえないだろうか。

　美来は懸命に説得方法を考える。

「アルバイトで金を稼いでも、その殆（ほとん）どがキリマの世話代と美来の生活費じゃないか。

そんな状況でもう一匹飼うなんて……」

ブツブツ文句を言う源郎に、美来は縮こまる。だが、ふいに源郎が「そうだ！」と声を上げた。

「食い扶持（ぶち）が増えるなら、働かせればいいじゃないか！」

「……へ？」

「猫に生活費を稼がせるんだよ。それなら、もう一匹飼ってもいい」

「どっ、どういうこと⁉」

まさか店内でネズミでも獲（と）らせるのだろうか。しかし、この辺りでネズミなど見たことがない。それならまさか、あの黒い羽のある恐ろしい害虫、ゴキ……。いや、ヤツは名前すら思い出したくない！　想像を膨らませた美来は、慌てて源郎に詰め寄った。

「ちょっと待って。そもそもアレが出る喫茶店なんてイヤだよ！　それに、アレをキリマに獲らせるなんて絶対反対！」

「なにを言っているんだ。猫に接客させるんだよ。つまり、猫カフェだ」

「……ね、猫カフェ？」

美来が目を丸くする。源郎は名案を思い付いたとばかりに満足そうな顔をして、指を立てた。

「そう、猫カフェだ。俺は前からこのボロ店をどうにかしたくてな。物は試しと、猫カフェの講習を受けたことがあるんだ。美来も猫カフェでバイトしてるだろ。実務経験のある店員と、講習を受けた店長がいりゃ、猫カフェは開店できる。店を改装したり、諸々の許可を取ったりしなきゃならんから、時間は少しかかるけどな」

確かに美来のアルバイト先は猫カフェだ。その店は家の最寄り駅から二駅先にある。こちらが猫カフェを経営しても際立ったライバルにはならないだろう。

「でも、お父さん。絶対に猫を店に入れるなって言っていたのに、猫カフェはいいの？」

「今の店に猫を入れるなというのは当然だろ。でも、猫カフェになるなら話は別だ」

「……お父さん、猫、嫌いじゃなかったの？」

キリマを飼う時に大反対されたから、美来は父が動物嫌いなのだと思っていた。実家で過ごしていても、父はキリマに構わなかったし、もっと言えば、キリマを無視しているように見えていたのだ。

しかし、源朗は首を横に振る。

「猫は嫌いじゃないよ。……まあ、とりわけ好きってわけでもないけどな。俺はもともと猫より犬のほうが好きなんだ」

「お父さん、犬派だったんだ」

「ああ。だからドッグカフェも考えたんだが、猫カフェに比べて敷地が必要でなあ。うちは小さいから無理だ」

なるほど、と美来は頷いた。これといって特徴のない、強いて言えば古いだけが特徴であるこの喫茶店は、年々売上が渋くなっている。

ここらでひとつ画期的な『売り』を作らなければカフェ業界で生きていけないと、源郎は危機感を持っていたのだろう。だから、猫カフェの講習を受けていたのだ。

「俺は、俺の淹れる最高のコーヒーを味わってもらえたら、喫茶店の形はなんだっていいんだ。猫で売上が上がるなら問題はない」

「それで、猫に生活費を稼がせろって言ったんだね」

この店を猫カフェに改装して、キリマやあの大猫を『看板猫』として店に置く。それは面白そうだな、と美来は思った。

しかし、あの猫たちが了承するだろうか。……彼らは単なる猫ではない。かたや猫鬼、かたや猫神なのだ。特に猫神と自称しているほうが『看板猫』になることを嫌がる予感がする。

美来は腕を組んで考えていたが、「わかった」と頷いた。

「とりあえず、猫に相談してみるよ。オッケーがもらえたら、その案でいくね」

そう言って、美来は裏口から喫茶店を出る。

ひとり残された源郎は温まったカップを布巾で拭いた。そして、思い出したように眉をひそめる。

「……猫に相談ってなんだ？」

訝しげに呟き、はてなと首を傾げた。

美来は隣の実家へ戻ると、リビングに入る。キリマがソファの上で体を伸ばしてくつろいでいる。近くにあるテーブルの椅子には母の花代子が座って、膝に大猫をのっしりと乗せていた。

「おかえり～美来。お父さん、どうだった？」

「とりあえず、条件付きで了承してもらえたよ。でも、その条件が結構大変でね」

美来はパフッとソファに座る。するとキリマがひょこっと顔を上げ、スルリと美来の膝に乗ってきた。

キリマの小さな頭を撫でつつ、花代子にブラッシングされている大猫を見つめる。

「……その猫、白かったんだね」

「そうなのよ～。灰色だったのは毛が汚れていたからなのね。よっぽど埃っぽいところにいたんでしょう。可哀想にね～。もう綺麗になりましたからね～」

ふんふんと鼻歌を歌いながら、花代子が猫にくしを入れる。自らを『猫神』と言ったその猫は、うっとりと目を閉じてブラッシングに身を任せていた。

よく見れば、その大猫はペルシャ猫のようだった。ふわふわの白い毛は長く、顔の特徴にもそれっぽさがある。普通のサイズよりも体が大きいので可愛げはないものの、ペルシャ猫らしい気高さは窺える。

一方、キリマは典型的な日本猫に見えた。オシキャットにも似ているが、ほんわりした小顔に、人間で言うなら中肉中背といった体形で、ゆるりとうねる長い尻尾。彼の顎下を指先で撫でれば、ごろごろと気持ちよさそうに喉を鳴らす。

「それで、条件ってどういうこと？」

花代子が尋ねてきた。美来が猫カフェの話をすると、「へえぇ〜」と興味深そうに目をきらきらさせて頷く。

「いいじゃない、お母さんは賛成！　うちはとにかく人気がないし、どうしようかと考えていたもの。猫カフェなら駅前のカフェと差別化できるし、素敵だと思うわ」

「確かに、話題性はあるかもしれないね」

「キリマくんはハンサムだし、ウバちゃんはなんといってもこのボリュームだもの。きっといい看板猫になるわ〜」

ニコニコと微笑み、優しくブラッシングをする花代子。美来は母の言葉を聞いた後、時間差で「えっ」と声を上げた。

「待って、ウバちゃんってなに」

「この子の名前よ。さっき決めたの」

「ちょっと！　なにを勝手に名付けてるの！　私が拾ったのに！」

美来が非難すると、花代子は至ってマイペースに「え〜？」と唇を尖らせる。

「だってキリマくんは美来が名付けちゃったじゃない。私も名前を考えたかったのに～！　だからウバちゃんは私が決めたの。ウバちゃんもそれでいいって言ったのよ。ね～？」

花代子の言葉に、美来はぎょっとした。

「えっ、ま、まさか、その子、お母さんに『それでいい』なんて答えたの⁉」

思わず聞くと、花代子はおかしそうに笑い出す。

「なに夢みたいなことを言ってるの～。そんな風に返事をしてくれたら嬉しいけど、ウバちゃんは猫なのよ。言葉を話すわけないじゃない。ウバちゃんって呼んでみたら、『ニャン』って答えてくれたから、気に入ったのかなって思ったのよ」

「あ、ああ。そういうことね。……よかった」

心底ほっとして美来は息を吐いた。なにを隠そう、その猫は本当に言葉を話すのだ。母は猫が喋ってもおおらかに許してくれそうだが、父は絶対に気味が悪いと嫌がるだろう。卒倒するかもしれない。

美来はかっくりと肩を落として、膝に乗るキリマの背中を撫でる。

「それにしても、どうしてウバなの？」

「キリマは、美来の好きなキリマンジャロコーヒーから取ったんでしょ？　だから私はウバ茶から取ったの。お母さん、紅茶党だし」

「そういうことか……」

美来が納得すると、花代子は「よし！」と満足げに頷いて、ブラッシングを終える。そしてウバを床に下ろし立ち上がった。

「じゃあ、お母さんもお店に行くわね。お父さんから猫カフェについて詳しく話を聞きたいし。美来はお掃除当番よろしくね～」

そう言って、花代子はスリッパの音を鳴らしてリビングを出ていく。

「……あのおなごは、一体何者なのだ」

ボソッと話し出したのは、花代子にウバと名付けられてしまった大猫、もとい、猫神だった。美来の膝の上で、キリマが前足を突き出してグイーと伸びをする。

「あの人間は、美来の母親だよ」

クアアとあくびをして答えるキリマを、ウバは「それはわかっておる」と睨んだ。

「わらわが問うておるのはそこではない。あの身のこなしはなんなのだと言いたかったのだ。わらわは最初、あのおなごから逃げようとした。それなのに、気づけば腕の中にいたのだ。全く逃げ出せる隙がなかった。まさか人間とはかように、わらわよりも俊敏な生き物なのか？」

「そんなわけないでしょ。お母さんは合気道の有段者なの。だから動体視力が際立っているんだよね」

美来は呆れ口調で答えた。母の花代子は合気道を極めているのだ。普段はおっとりしているのに、いざとなるとすばやく、優れた動体視力をもって確実に獲物を仕留める。美来が幼少の頃も、いたずらをした時に母から逃れられたためしがない。

キリマがぼそりと呟いた。

「猫神。『お母さん』から逃げられると思うなよ。俺も何度か逃走を図ったが、お母さんは気配すら消せるんだ。そして後ろから俺を捕まえる」

「なんと……。昨今の人間はふぬけだと思っていたが、そのような達人もいようとは。それに、あのおなご――いや、『お母さん』のしゃんぷーと、ぶらっしんぐも恐ろしかったぞ。なんだあれは。極楽浄土へのいざないか！　わらわは危うく昇天するところであったぞ！」

体を震わせるウバの毛は、花代子のブラッシングによってツヤツヤになっていた。さっきまでゴワゴワで灰色に汚れていたというのに、今はシルクを思わせる白銀の輝きを放っている。

「お母さんはシャンプーとブラッシングがうまいんだよ。あれは、うん、気持ちいいな」

しみじみとキリマが頷き、美来は軽く笑った。キリマが母のシャンプーでうっとりしていたのを思い出したのだ。

「キリマもお母さんのシャンプーが好きだったんだね。私はシャンプーが下手だし、これからはキリマもお母さんにしてもらう？」

決して雑にしているつもりはないのだが、不器用な美来はいつもシャンプーに苦戦していた。それなら母にやってもらったほうがキリマも嬉しいだろう。美来がそう思って尋ねると、キリマは慌てて振り返り、尻尾を立てて前足で美来の膝をフミフミと踏んだ。

「いや。俺は、美来がいい。お母さんのシャンプーは確かに体中から力が抜け落ちるほど気持ちいいけど、俺は美来がいいんだ！」

何故かむきになったみたいに言うので、美来は「う、うん」と戸惑いつつ頷く。

その時、すっかりくつろぎの体勢で伏せていたウバが、ぱたぱたと尻尾を振りつつ、美来に問いかけた。

「それにしても美来とお母さんは、一体なんの話をしていたのじゃ？　わらわについて話し合っていた様子だが、猫かふぇとはなんだ？」

美来はハッと思い出し、ポンと拳を手のひらに当てた。

「そうそう。その相談をしようと思っていたんだよ。猫カフェっていうのは、お客さんに猫を見てもらって、癒されながらカフェを楽しんでもらうお店のことだよ」

「ふむ。つまり、わらわがこの家に棲むには、猫かふぇでわらわ自ら、人間の客に奉仕せよということか？」

ムッとしたように、ウバが耳をピンと立てた。にわかには信じられないが、自分で『猫神』と言っている以上、彼女のプライドは高そうだ。そんなウバが人間に甘えたり、擦り寄ったりなど、できるとは思えない。

美来はおずおずとウバの顔色を窺う。

「やっぱり嫌かな？」

「当たり前じゃ！　わらわがかつて社にいた頃は、人間がわらわに供物を差し出し、ひれ伏しておったのだぞ。そんなわらわに労働を強いるというのか。わらわがこの家に棲まうのが、どれほどありがたいか、わかっておるのかっ」

案の定、ウバは怒り出した。

やはりプライドが高いらしい。この様子では、ウバを無理矢理猫カフェに置いたとしても、客に迷惑をかける可能性があるだろう。考えれば考えるほど、ウバは客商売に向いていない。美来は額を押さえつつ「うーん」と悩む。

「でも、ウバを飼う条件が猫カフェだし……」

「それなら話は簡単だ。そいつを捨てたらいい」

突如、冷たく言い放ったのはキリマだった。美来は「えっ」と驚いた声を出す。ウバも、金色の目を丸くしてキリマを見つめた。

「俺はかつて、その猫神に退治されて自分の力を失ったんだ。神は鬼を討つものだから当然の話だが、力を奪われた鬼が堕ちた場所は、地獄でしかなかった」

「キリマ……」

美来は、膝の上で力なく呟くキリマの背中を撫でる。キリマは決まりが悪そうに俯いた。

「猫鬼は普通の猫に比べてはるかに寿命が長い。俺は死ぬこともできないまま、毎日泥水をすすり、生ゴミを漁っていた。そんな俺を拾ってくれたのが、美来なんだ」

遠い目をするキリマを、ウバが黙って見つめる。

「俺にとってこの家は、やっと見つけた安息の地だ。毎日おいしいごはんがもらえて、新鮮な水やミルクがもらえて、美来が傍にいる。俺はそれだけで幸せなんだ。だから、神だなんだとかしずかれて、毎日馳走をたらふく食ってたやつなんかと一緒に棲むのはごめんだ」

フンッとキリマはそっぽを向いた。急激に場の空気が悪くなって、美来はあわあわと慌て出す。すると、ウバがノッシリと四本足で立ち上がった。

「そうさな。わらわとて人間に愛想を振りまいてまでここに棲みたいとは思わぬ。わらわに相応しいのは、もっとわらわを敬う従順な人間であろう」

「まったくその通りだ。あんたを神様だと崇め奉ってくれる優しい人間様を探せよ」

キリマのそっけない言葉にしかめ面を浮かべたウバは、まるで売り言葉に買い言葉のように「言われなくても探すとも」と吐き捨て、スタスタと出ていこうとした。

焦った美来はなにか目を引くものはないかと探して、ソファの脇に置きっぱなしになっていたチラシを一枚取り、くしゃくしゃに丸めてウバの傍に投げる。

「ニャッ!?」

神や鬼と言えど本質は猫なのか、ウバとキリマは揃ってパッとチラシに顔を向け、床に転がるそれを捕まえようとした。

その瞬間、美来はオモチャ入れから猫じゃらしをサッと二本取り出し、チャキンと構える。さながら宮本武蔵の二刀流である。得物は猫じゃらしだが。

床を転がり、チラシを奪い合うウバとキリマの傍に走り、二本の猫じゃらしを突き出した。

キラリと目を光らせたのはキリマ。初めて見るオモチャに驚くのはウバ。

「とうっ！　私の猫じゃらしを捕らえられるかな!?」

美来は猫じゃらしを横に振る。小さな鈴のついたそれは可愛らしい音を立て、先端についた細長いリボンもウネウネと動いた。

先に反応したのはキリマだ。ハシッとリボンを取ろうとした彼に、美来はサッと猫じゃらしを上げる。ウバは前足を伸ばして伏せの体勢になり、尻尾をせわしなく左右に動かした。

「ニャー！」

ハンターの目になったウバが飛び上がる。美来は猫じゃらしを回してウバの前足を避け、次は床に猫じゃらしを置いた。そして蛇に似せてユラユラと動かす。

「ニャ」

「ニャ！」

臨戦態勢で尻尾を揺らすキリマに、猫じゃらしを観察しているのか、ウロウロと歩き回るウバ。

シャッとキリマが猫じゃらしに猫パンチを繰り出し、ウバは前足で猫じゃらしを踏みつけようとする。

二匹の多段攻撃をさらりとかわした美来は、クルクルと猫じゃらしを回し、蝶々に見立ててリボンを宙でゆらめかせた。

「ニャァァァー！」

ウバの巨体が跳ぶ。爪を立てた前足でかっさらうようにリボンを捕ろうとするが、美来の猫じゃらしは優雅にかわす。ドスンと衝撃的な音をさせ、ウバは床に転がり、すぐに体勢を立て直して猫じゃらしを睨んだ。その金色の瞳は爛々と輝いている。

（ふはは、かかりおったな。君たちはすっかり猫じゃらしの虜よ！）

美来は勝者の笑みを浮かべた。険悪な空気はどこへやら。今は二匹とも猫じゃらしに夢中だ。

その後たっぷり十五分、美来は猫じゃらしでウバとキリマを翻弄した。

先に体力が尽きてフローリングに伏せたのはウバだ。ぺたんと四肢を投げ出し、背中をせわしなく上下させて「はぁ」と息をつく。

「……なんだこれは。わらわともあろう者が、つまらぬことで必死になってしまった」

「美来の猫じゃらしは巧みすぎるんだよ。止めようと思っても、目が、足が、勝手に動いてしまう」

伏せってこそいないが、キリマも疲れたようにぐったりしていた。十分に猫じゃらしで遊んだ美来は「ふふふ」と笑ってオモチャを片付け、キリマの頭を撫でる。

「たくさん遊んで少しは落ち着いた？　ウバはもう、うちの子なんだから、キリマは意地悪なこと言っちゃだめだよ」

「……だ、だってさ」

「だってはなし！　キリマとウバに因縁があるのは理解したよ。でも、だからといってウバを追い出していいはずはないと思う。だって、今のウバは、ひとりぼっちなんでしょ?」

美来の言葉に、フローリングで伸びていたウバがピクッと耳を揺らす。キリマはなんとも言えない様子で美来を見上げた。

「神社で見つけたウバは、毛並みは荒れ放題だったし、目ヤニが溜まっていた。間違いなく放置されていた猫だったよ。昔は猫神として崇(あが)められていたのかもしれないけど、今は違うんだよね?」

その問いかけに、ウバはそっぽを向いて黙り込む。だが、美来の言葉を否定しないということは、それが正解なのだろう。

ウバは四百年もの間、山に棲んでいた。それがいつからか仲間もいなくなり、たった一匹になったのだ。

ウバにどんな心の転機があったのかはわからない。でも、ウバは人里に下りてきた。そして人間を見下しながらも、美来に拾われたのだ。

動物病院で大人しく処置されていた時の態度は、少なくとも美来を拒絶していなかった。ウバは拾われたいと思ったのではないか。

美来はウバに近づくと膝をつき、優しく頭を撫でる。花代子が洗ったばかりの毛並みはフカフカで、滑らかな手触りが心地いい。耳をくすぐれば、気持ちよさそうに「うなあ」と鳴いた。

「ウバを拾った時、運命だって感じたよ。だって、出会い方がキリマと全く同じだったからね。キリマもウバと一緒だったよ。毛並みはぐちゃぐちゃで、下水の臭いがして、酷くすさんだ目をしていた。……だから、助けたいって思ったの」

「美来、それは」

キリマがなにかを言いかけて、困ったように口をつぐむ。黒い尻尾をぺたんと床に伸ばして、三角形の耳を伏せた。しばらくすると思い直した風に顔を上げ、拗ねた様子で口を尖らせる。

「……それより美来、あんまりウバを撫でるな。俺も撫でろ」

催促するみたいに、前足でぽしぽしと美来の膝を叩く嫉妬深いキリマに笑いつつ、美来はウバに向かって優しく目を細めた。

「ウバ、うちに住みなよ。猫カフェって言っても、人間に愛想を振りまく必要はないんだよ。ただ、お店で過ごしてくれたらいいの。私がアルバイトしている猫カフェでも、猫たちは自由気ままにしているよ」

「だ、だが、ここに棲むとなれば、そこのキリマが嫌な顔をするだろう?」

ウバが横目でキリマを見る。するとキリマは「ニャー」と不満げに鳴いた。

「そりゃ嫌に決まってんだろ。でも、美来がそこまで言うなら構わない。ここは美来のうちなんだからな」

「わらわがいても構わんと言うのか。かつてはおぬしの力を奪ったというのに」

「確かに、思い出すと腹が立つ。でも怒ったところで、奪われたものは返ってこない。おまえが美来の言うことをちゃんと聞いて大人しくするなら、俺はいいよ」

「……そうか」

そっけない態度で返事をするキリマに、ウバが神妙に頷く。美来が二匹のやりとりを黙って見ていると、ウバは前足と後ろ足を交互に伸ばして立ち上がった。

「承知した。それなら、ここに棲むのもやぶさかではない。猫かふぇというものも、愛想を売らなくてよいのなら構わん」

「本当に? よかった!」

美来がぱあっと満面の笑みになる。そんな彼女を驚いた目で見てから、ウバはコホンと咳払いをした。……猫が咳払いをするのを、美来は初めて見た。

「時に美来。その『猫かふぇ』というものは、結局のところ、猫が人間に接客するということなのか？」

「そうだね。お料理や飲み物を運ぶのは人間だけど、お客さんは猫を見にきているようなものだし、接客というのも間違ってはいないかな」

「つまり、猫が主役の店、ということか？」

「猫カフェっていうくらいだからね」

美来が頷くと、ウバが「ふぅむ」と俯く。やがてなにかを決心したのか、大きな尻尾を膨らませて、パッと顔を上げた。

「美来、それならば、わらわがその猫かふぇの主となろう」

「はあっ？」

「へ？」

美来とキリマの声が重なり、揃ってウバに注目する。

ウバは自分の名案に満足しているのか、こくこくと頷いた。

「そう。主じゃ。働く猫どもを管理し、時に指導する上役の猫が必要であろう。わらわが主となって、その『猫かふぇ』とやらをおおいに盛り上げてくれようぞ」

「ちょっと待て！　俺は嫌だぞ！　おまえの下につくなんて絶対反対だっ！　それに猫カフェの主人は美来が……いや、美来のお父さんがなるはずだろ！」

尻尾を立てたキリマが前かがみになって怒り出す。しかしウバは聞く耳を持たない様子でペロペロと前足を舐めた。そしてチラリと美来を見る。

「美来の『お父さん』……。つまり『お母さん』のツガイということか。そのツガイは、猫かふぇでどんな役割を担うのだ？」

「え？　う～ん。コーヒーや紅茶を淹れたり、軽食を作ったりする役割かなあ」

もっと言えば、父親は喫茶店の経営者なのだから、キリマの言葉が正しい。だが、ウバは美来の説明を聞いてフッと鼻であざ笑う。

「なんだ。ツガイは単なる飯炊き役ではないか」

「め、めしたき……って」

源郎が聞いたら怒り出しそうだ。源郎の名誉のためにも、ウバの認識を改めさせたいところである。

「わらわが猫カフェの主となる。そこのキリマは従業員、美来はわらわたちの世話役兼給仕、そして飯炊きの『お父さん』。うむ、完璧な布陣であるなっ」

「待て！　勝手に俺を従業員にするな！」

「ところで美来、お母さんはなにをするのだ？」

　ニャーッと怒り出すキリマには目もくれず、ウバが尋ねてくる。はいしどうどうと、キリマの背中を撫でてなだめながら、美来は答えた。

「お母さんはフロアスタッフだよ。あとは、車で出前に行ったりしてるかな」

「ふむ。お母さんはわらわに至上のシャンプーをしてくれる崇高な存在だ。あまり負担をかけたくないので、美来は給仕に一層励むがよいぞ」

「なんでお前がさっそく仕切ってんだよ！」

　ニャンニャンと手足をばたつかせてわめくキリマを抱き上げ、「しょうがないなあ」と美来はため息をついた。

「ウバを飼うための条件が猫カフェだからね。仕方ない、ウバを猫カフェの店主としてお迎えいたしましょう。ただし、あくまで裏の話だからね？　表の経営者はお父さんなんだから、店ではちゃんとお父さんの言うことを聞くように」

「そこはわきまえておるぞ。元々、わらわたちの存在は人間世界の裏側にある。影の支配者、縁の下の力持ちというやつであるからな！」

ウバが二本足で立って仁王立ちになり、えっへんと胸を張った。ウバは基本的に傲岸不遜な態度だが、人間の前で声高に己の正体を明かすつもりはないようだ。

それなら別に、猫カフェの店主を名乗ろうが構わないだろう。キリマは不満そうだが、ウバ自身が満足しているので、申し訳ないけれど我慢してもらうしかない。

「さて、うちが猫カフェになるなら、今のアルバイトは辞めなきゃいけないね。お店のメニューもリニューアルしたいし、お父さんやお母さんとも話し合わないといけないし、仕事もいっぱい増えそうだよ」

「まったく。俺は今までの暮らしで十分満足してたのに、なんでこんなことになってしまったんだ」

美来の腕の中で、キリマががっくりと首を垂れる。

「キリマは災難だったね。でも私、正直言うとワクワクしているんだ。あの古くて流行らない喫茶店がどんな風に変わるんだろうっていう楽しみもあるし、大好きなキリマと一緒に働けるなんて、想像するだけでも嬉しいからね」

「み、美来……」

「だから、一緒に頑張ろうよ、キリマ」

美来はピンク色をしたキリマの小さな鼻に、自分の鼻をツンと当てる。たちまちキリマはひげを震わせ、長い尻尾をだらしなく下に伸ばした。

「しょっ、しょうがないな～。み、美来がそう言うなら、俺も頑張るしかねえな～」

「ありがとう、キリマ！」

ぎゅっと抱きしめて頬ずりする美来に、キリマはでれでれと脱力している。

「わかりやすいヤツよのう」

ウバは嘆息まじりに、呆れた口調で呟いた。

第二章　ばけねこディスカッション

　父、源郎の思いつきから始まった猫カフェ改装計画。ウバを飼う条件として、猫カフェの経営に協力すると美来が頷いてから一ヶ月が経った。話は転がるように進んでいて、資金調達から新しいメニューの考案まで、家族総出で忙しくしている。

　美来はといえば、アルバイト先である猫カフェのオーナーと話をして、月末をめどに辞めることとなった。

　そして新緑の季節。

　街路樹の葉が伸びやかに茂る、爽やかな快晴の日。

　シフトもあと少しとなったアルバイト先で、オーナーの桜坂がパンケーキを焼きながらアンニュイなため息をついた。

「仕方ないとはいえ、うちの猫ちゃんたちは美来ちゃんに懐いていたから寂しくなるわあ。これからはお客さんとして、いつでも遊びにきてね。大歓迎するわよ！」

オーナーの桜坂は立派な成人男性だ。

スキンヘッドの頭には猫柄のバンダナが巻かれていて、筋骨隆々（きんこつりゅうりゅう）の体はたくましく、『にゃんぽぽかふぇ』と書かれた可愛いシャツがはちきれんばかりである。相貌も厳（いか）ついので、初見の客はぎょっとすることが多い。だが、桜坂はとても優しい人物である。そして心が乙女で、独特の話し方をする。座右の銘（めい）は『猫と筋肉は裏切らない』だ。

この店に住まう八匹の猫はみんな彼に懐いているし、非常に可愛がられているということが、つやつやの毛並みや元気いっぱいの姿でわかる。

「オーナー、ありがとうございます。是非、遊びにきますね」

「待ってるわよ〜。それに、猫カフェの経営についても相談にのるわ。色々とわからないこともあるでしょう？」

「そうですね。私は経営については素人（しろうと）ですけど、お父さんが言うには、保健所から許可をもらうために、店内を大きく改装しなくちゃいけないみたいなんです。猫カフェを開店するのって、大変なんですね」

「そうねえ、自治体によって条件が厳しかったりゆるかったりするけど、衛生管理には気を付ける必要があるわ。それに、厨房は火を扱うから、猫ちゃんが入れないように作らなくちゃいけないの。ここ、重要なポイントね」

美来は食器を洗いつつ「なるほど」と頷き、桜坂の言葉を心の中で繰り返した。猫にとって安全で快適な店づくりをしなくてはいけない。確かに、これは大切なところだ。

「そういえばオーナー。猫カフェの猫って、何匹くらい必要なんですか？　うちは二匹しかいないんですよ」

「カフェの広さにもよるけど、二匹はちょっと少ないんじゃないかしら。猫って集中的に構うと嫌がるでしょ。それぞれの猫ちゃんが適度に自由でいられる数は必要だと思うわ」

桜坂の言う通り、たった二匹では客の注目を常に浴びて、ストレスを感じてしまうだろう。

「でも、あの子たちは普通の猫じゃないしな……」

「美来ちゃん、なにか言った？」

「あっ、いいえ、なんでもないです。えっと、他に気を付けなきゃいけないことってありますか？」

美来がごまかすために聞くと、パンケーキを皿に載せた桜坂が「そうねえ」と宙を見つめる。

「あっ」

「はい？」

「いや、うーん、やっぱりいいわ。美来ちゃんはしっかりしているものね。大丈夫よ」

奥歯にものが挟まったような言い方だ。思ったことをハッキリ口にするタイプの桜坂にしては珍しい。美来が首を傾げていると、気を取り直した桜坂が可愛らしくデコレーションしたパンケーキをカウンターに置いた。

「さっ、仕事よ！　美来ちゃん、これ三番テーブルね」

「はーい！」

甘いホイップクリームがたっぷり載ったパンケーキには、猫型のビスケットがついている。美来はデコレーションが崩れないよう慎重に皿を持つと、客が待つテーブルに移動した。

アルバイトが終わり、美来は自転車を漕いで帰路につく。

桜坂は本当に美来の猫カフェを楽しみにしているらしく、様々な情報を教えてくれた。更に、とあるケーキ屋の紹介までした上、アポイントも取ってくれた。

猫カフェとして改装すれば、客層も一気に変わるはず。今までは近所に住む高齢者が主な客層だったが、これからは女性客を中心とした戦略を考える必要がある。女性の好みといえば可愛くておいしいスイーツが定番だ。高品質のケーキは、リピート客を増やす重要な要素と言えるだろう。

紹介されたケーキ屋は人気が高く、本来は卸売りはしない方針らしい。だが、桜坂の店とは懇意にしているため、彼の紹介なら美来の猫カフェでも注文できるかもしれないのだ。

「家に帰ったら、さっそくお父さんとお母さんに報告しなきゃ」

ウキウキと自転車を漕ぎ、家に到着した美来は自転車を納屋に片付ける。

「……そういえば、オーナーが言いかけたことって、結局なんだったんだろ？」

自転車に鍵をかけながらぽつりと呟いた。あれだけが気になっていたのだ。

しばらく考えるが、全く答えは出ない。

「まあ、オーナーがいいって言うなら、別に気にしなくてもいいのかな」

そんな独り言をこぼして、美来は家に入っていった。


――夜のとばりが降り、街のいたるところで照明がついた。

美来の家にも明かりがついて、カーテンが閉められる。

静寂に満ちた、誰もいない歩道。

美来の家は駅からはずれた場所にあり、道路を走る車は少ない。

ただ、喫茶店の前にある街灯だけがぼんやりと点(とも)っている。

そこに、染みがあった。

いや、よく目をこらせばそれは染みではない。闇と同化した、人間がいた。

あてもなく、ふらりふらりと歩く人。首はカクカクと不自然に揺れ、その足取りはたよりない。

赤黒い目だけが、不気味に輝いている。

「ねこ……ねこ……。猫は……どこ」

しわがれた女の声だ。

タタッと、どこか遠くで小さな足音がした。

血の色をした目がぎょろりと動く。

女は急にかがむと、一気に跳躍（ちょうやく）した。音の出処へと疾走（しっそう）する。

恐怖に満ちた猫の悲鳴。なにかが崩れる破壊音。

しばらくして、再び静けさが訪れた。

再び元の道に現れた女の手には、ぐったりとした猫がぶら下げられている。猫は女と同じ闇色に染まっていき、やがてどぷりと女の体に呑み込まれ、消えていった。

「ねこ……ねこ……もっと、猫を……」

よろり、よろり。女は人ひとり通らない歩道をさまよう。

その姿はさながら、亡霊のようだった。

🐾 🐾 🐾

改装のため、しばらく休業するとの貼り紙を喫茶店のシャッターに貼りつけて一ヶ月が過ぎた。美来は桜坂の猫カフェを退職し、今は花代子と共に源郎の仕事を手伝っている。

契約した工務店から業者がやって来て、本格的に喫茶店の改装工事が始まるなど、店舗についてはすべてが順調に進んでいる。しかし、実のところ美来は『猫』の件で頭を悩ませていた。

猫が足りない。

桜坂からも言われていたことだ。猫カフェという看板を掲げておいて、肝心の猫がたった二匹というのはさすがに寂しい。

しかも、その猫二匹は鬼と神なのだ。ここに普通の猫を入れても構わないのだろうか？

悩んだ末に、美来は二匹に相談した。

親が寝静まった夜。美来は部屋にキリマとウバを連れてきて、ひとりと二匹で作戦会議を始める。

「ふむ、つまり美来は、猫の手を借りたいということであるな」

前足で顔を洗いながら、ウバが言う。確かに今は忙しい。猫の手も借りたい状況とはこのことだが、比喩ではなく本当に猫の手が足りないのだ。

「そうなの。でも、普通の猫だったら、ウバやキリマと違うわけでしょ。ちゃんと仲良くできるかなって心配なんだよね。まあ、増やすとしてもあと三匹が限界だけど」

猫カフェの猫を増やすということは、美来の飼い猫を増やすということだ。多頭飼いは様々な気遣いが必要だと聞く。当然、お金もかかる。

もちろん、猫カフェの経営に必要な猫を集めるわけだから、源郎から援助をもらうことは決まっていた。しかし、万が一猫カフェの経営がうまくいかなくて店をたたむ事態に陥ったとしても、猫の面倒は最後まで見なければならない。それは生き物を飼う人間として、忘れてはならないことだ。

「それでね、どんな猫を飼えばいいと思う？」

やはり、人気のある品種が客を集めやすいだろうか。スコティッシュフォールド、ロシアンブルー、マンチカン。猫種は重要なファクターだが、できれば気質がおだやかで、すでにいる二匹と――特にウバと仲良くできるような猫がいい。そうでないと、猫カフェの雰囲気が悪くなりそうだ。

美来が腕を組んで悩んでいたところ、ウバがにんまりと目を細めて笑う。

「ふふん、わらわの下働き猫を増やすなど、容易いものよ」

「容易いって？」

オウム返しをすると、ウバは美来の部屋の真ん中に座り、毛艶のよいふわふわの尻尾を揺らす。

「わらわの力で、化け猫を呼び出してやるのだ」

「ば、化け猫!?」

美来は驚いた声を上げる。しかしキリマはやる気のない様子で、クッションの上にだらしなく伏せた。黒い尻尾だけを、ぱたぱたと上下に振る。

「今更、ウバの呼びかけに応える化け猫なんていねえよ」

「どういうこと？」

問いかけると、キリマはゆっくりと顔を上げた。

「大昔はさ、ウバに成敗された化け猫や鬼猫は、みんなウバの神使になったんだ。力ずくで自分の下僕にしてたわけだな。……でも、時代が変わり、ウバは人間から忘られて力を失い、俺たちはウバから解放された。そして、みんな一斉に逃げ出したんだ」

つまり、キリマはウバに退治された後、神使として無理矢理使役されていたのだ。二匹が顔を合わせた時、キリマがあんなにも嫌がっていたのはそれが理由だったのだろう。

「あいつらがウバの言うことを聞くとは思えないね。俺ならごめんだ」

プイッとキリマがそっぽを向く。ウバはしばらく俯いたあと、ピンとひげを張って顔を上げた。

「皆が皆、キリマのようなひねくれものではない！　そもそも、そなたたちは人間に悪さをしていたから、わらわに成敗されたのであろう？　己の行動を反省して心を入れ替えた猫もいるはずだ」

ニャンと気合を入れるウバとは対照的に、キリマはクッションの上でふて寝し、小さな口を開いてあくびをする。

「そんならやってみろよ。そんな人がいいならぬ、猫のいい化け猫がいるといいがなー」

「言われずともやる！　そら、わらわの神使よ、わらわの声に応じよ！

ニャァン！　ニャア、ニャァア！

ウバが虚空に向かって鳴き始めた。まるで犬の遠吠えだ。

美来はウバの様子をジッと見ていたが、ウバがどれだけ鳴いても、その声は虚しく部屋の中に響くだけ。

ニャ……と、ウバの声が途切れた。信じられないと言わんばかりに、金色の目を大きく見開いている。口は半開きで、ひげがわなわなと震えた。

ウバは天井を見つめ、もう一度「ニャア」と鳴く。しかし、応えはない。

ほらみろと言いたげに、キリマがウバから視線をそらした。

美来は慌ててウバを抱き上げる。

「あっ、あの、窓を閉じているからじゃない？　窓を開けて、もう一度呼びかけてごらん」

「美来、ウバに成敗された猫たちは、ウバの声が頭に直接入ってくるんだ。聞こえてないわけじゃないんだよ。だから」

これ以上呼びかけても意味はないと、キリマが美来を諭そうとする。しかし美来は「それでも！」とキリマに顔を向けた。

「も、もしかしたら、呼びかけに応じてくれる猫がいるかもしれないじゃない」

かつては化け猫を退治していた猫の神様。

しかし今はもう、その力を持っていない。力を持たない神様の言うことなど、誰も聞かない。

悲しいほど明白な事実だ。でも、美来はウバが可哀想だと思ってしまった。

どうしてウバは人間に忘れられてしまったのか。

その経緯は知らない。ウバが神使にしたキリマたちをどんな風に扱っていたのか、それもわからない。

だけど一匹だけでもいい。ウバを慕う猫がいてほしい。そんな祈りにも似た気持ちで、美来はカラリと部屋の窓を開けた。

その瞬間。

窓の外からなにかが滑りこんできた。美来は「ひゃっ」と声を上げて振り返る。すると、部屋の真ん中にいたのは――

「ウフフ、お久しぶりねえ、猫神様」

「……珍しい組み合わせだな。猫鬼にも会うなんて、思ってもみなかった」

アメリカンショートヘアらしき見た目をした猫と、白と橙と黒色の、ぶち模様ののだ。

三毛猫。二匹の猫は言葉を口にした。つまり、この二匹は間違いなく『化け猫』な

「まさかウバの呼びかけに応じる化け猫がいたとはな。暇だったのか？」

驚きを隠せない様子でクッションから体を起こしたキリマが、耳をピンと立てて尋ねる。するとアメリカンショートヘアの猫が「暇とは失礼ねっ」と尻尾を上げた。

「あたしは力をなくした情けない猫神様を、一目見て笑ってやろうと思っただけよ」

猫は横目でウバを窺い、フフンとせせら笑う。するとキリマはしかめ面をした。

「それはまた趣味のイイことで。お前、どこの化け猫だよ」

「猫鬼。お前って呼ばないで。あたしは猫又よ。そこいらの化け猫と一緒にしないでもらえるかしら。時は江戸の時代、あたしは人間の女に化けて男という男を魅了した伝説の花魁なんだからね」

ツンとすましてアメリカンショートヘアの猫が言う。猫又というのは美来も聞いたことのある妖怪の名前だ。よく見れば、その尻尾は二本に枝分かれしていた。

「僕は仙狸だ。僕も昔は人間に化けて、色々と人間にちょっかいをかけていたね。まあ、そこの猫神に退治されて以来、大人しく猫生活に甘んじているけど」

「猫又に仙狸……。おぬしら、わらわの呼びかけに応じ、働くつもりはないのか」

美来の腕から床に飛び下りたウバが、うろうろと二匹の周囲を歩きながら問いかける。その表情は険しく、今にも喧嘩を始めそうな雰囲気だ。

どうやらこの二匹とウバは、キリマと同じくらい因縁ある関係らしい。

猫又は「フンッ」とピンク色の鼻を鳴らした。

「そんなわけないでしょ。三百年ぶりにいけすかない声を聞いたものだから、力をなくした猫神のみじめな姿を見にきたのよ」

「僕も猫又と同じだ。僕は貴様に退治された時、力をすべて奪われたんだぞ。どうして貴様の言うことが聞ける？　力をなくしてしょぼくれた貴様を見て、とても愉快な気分だ」

二匹とも全く協力する気はない様子である。かつて、ウバが猫神として退治したあやかしの猫たち。神使にして使役する力を失った今、ウバに協力してくれる化け猫は皆無だった。

ウバがぴたりと足を止める。そして、クルッと背を向けた。その尻尾がピンと立っている。

「ふん、ならばもう、気は済んだであろう。とっとと去るがいい。役立たずどもめ」

用はないとばかりに吐き捨てるウバ。その後ろ姿は強がっているようにも、寂しげにも見える。

美来は慌てて「あのっ」と声を上げた。

「すみません。私、ウバとキリマの飼い主の美来です。突然ですけど、私からもお願いできませんか？　今、すごく人手が……いや、猫手が足りないんです」

「ウバ？　キリマ？　どういう意味？」

猫又が不思議そうに首を傾げると、クッションの上で座り直したキリマが尻尾をたたんで口を開く。

「俺たちは今、美来の世話になっているんだ。俺がキリマで、猫神はウバって名付けられたんだよ」

「ニャハハ！　なにそれウケる！　鬼や神ともあろうモノが、人間如きに飼われているなんて！　とんだ笑い話だわっ」

猫又がその場で転がって笑い出した。

「かつて人の世を震撼させていた猫鬼が、今や牙を抜かれた飼い猫か。時代の流れとは、酷なものだな」

ふぅ、とこれみよがしにため息をつく仙狸。「ほっとけ」とキリマが不機嫌な表情をする。

美来は二匹の猫に訴えた。

「お願いします。うちで働いてもらえませんか？　おいしいごはんを用意しますよ！」

ピクピクッと二匹の猫の耳が動く。特に三毛猫の仙狸がとても物欲しげな顔をして美来を見上げた。

「お、おいしいものって、具体的には、どんなものなのかね」

「普段はカリカリですけど、週一で猫缶を用意しますよ」

「猫缶……とは、なんだ？」

訝しげに尋ねてくる仙狸。この猫はもしかしたら、ウェットタイプの餌を食べたことがないのかもしれない。

「持ってきますね」

美来は早足で台所に行き、猫缶を四つ手に取って部屋に戻った。

黄金に輝く缶詰へ四匹分の視線が一斉に注がれる中、美来はカシュッと音を立てて蓋を開く。ただよう餌の匂いにキリマの目がきらりと光った。ぱったんぱったんと尻尾が上下している。キリマだけはこの味を知っているのだ。

「どうぞ、食べてみてください」

猫用の皿を四つ並べて、猫缶の中身を出す。キリマは一足早く食べ始め、ウバと猫又と仙狸は、戸惑ったように目を見かわした。

そして、恐る恐ると近づき、フンフンと匂いを嗅(か)いだあと、おっかなびっくりと食べる。

途端――三匹の目が爛々(らんらん)と輝いた。

「こっ、これは、うまい！」

「なんて芳醇(ほうじゅん)な味わいなの。こんなにおいしいごはんがあるなんて！」

「むっ、む、これは。止まらない。なんという美味なのだ。おいしい！」

はむっはむっ。猫たちは無我夢中でキャットフードを食べ進めた。鬼や神、そして妖怪といえど、猫は猫なのだ。

「むむう、これは確かに、人間に飼われる気持ちもわかるやもしれん」

いち早く食べ終わったのは仙狸だった。満足そうにぺろりと口の周りを舐めると、美来が用意した猫用ミルクを飲み始める。

「わらわも、こんなにうまいものがあるとは思わなんだ。いつものカリカリも悪くないが、これはなんとも幸せな気持ちになれるな……」

空になってしまった皿のフチをしつこく舐めながら、ウバが呟く。一方、猫用ミルクを一心不乱に舐めていた猫又が、ハッとしたように顔を上げた。

「あ、あたしは、食べ物なんかで釣られないわよ。人間に尻尾を振るなんてまっぴらごめんだもの」

「猫又さんは、人間に飼われたことはないんですか?」

美来が尋ねると、猫又は「当然よっ」とすまし顔で言う。だが、その口元はミルクで真っ白になっていた。

「つまり猫又さんは野良猫なんですね。じゃあ、シャンプーしますよ? 女の子なんだし、体を綺麗にしたくないですか?」

「シャンプーって、体を洗ってもらって、気持ち良く乾かしてもらったり、毛を梳いてもらったりすること?」

口の周りをぺろりと舐めて、猫又が首を傾げる。

「よく知ってますね。それですよ。グルーミングっていうんですけどね」

猫は本来、水を嫌がる生き物だ。それに自分で毛繕いをするので清潔な動物だと言われており、シャンプーはさほど必要でない。しかしキリマもウバもシャンプーを嫌がることはなかった。化け猫は、普通の猫と違って水を嫌がらないのだろう。

案の定、猫又は嬉しそうに耳を立て、尻尾をパタパタと上下させながら美来を見た。

「あたしが棲んでいた街には、人間が猫や犬を連れていくお店があったの。ガラス越しに見ていたら、皆ピカピカにしてもらって、毛を梳いてもらっていたわ。とても気持ちよさそうにしていたけれど、あれをしてくれるの？」

美来は「はい」と頷いた。

「シャンプーはやりすぎるとよくないので、一ヶ月に一度くらいですけどね」

続けて言うと、猫又は困ったようにうろうろと歩き出し、仙狸は俯いて前足で顎を撫でる。

「うう、悩ましいな。猫神の言うことを聞くのはしゃくだが、毎日おいしいごはんが食べられるのは魅力的な提案だ。生ゴミを漁らなくてもいいしな」

「でもねえ、猫又としてのプライドが、ううう」

仙狸と猫又が迷っている。あと一押しで落ちそうだ。美来は他に魅力的な提案がないか考えた。

その時、ポツリとウバが呟く。

「……わらわに協力すれば、もしかすると、おぬしらから奪った力を返せるかもしれんぞ」

ウバの言葉に、キリマも含めた三匹が一斉に反応した。皆、ぴくぴくっとひげと耳を震わせ、ウバの方を見る。

「それは本当か？」

「約束はできん。だが、わらわの力が戻れば、おぬしらから奪った力も戻せるだろう。わらわは人間から信奉(しんぽう)されなくなったゆえに力を失ったのだ。つまり、再び奉(たてまつ)られたなら、力を取り戻せるかもしれない」

ふうむ、と三匹の猫が顔を合わせて唸(うな)る。猫鬼に、猫又に、仙狸。いずれも猫神によって力を奪われ、ただの猫同然になってしまったのだ。そんな彼らに降って湧いたチャンス。ウバの提案に乗るかどうかを考えているのだろう。

「だが、力を取り戻すといっても、具体的にはどうやるのだ？」

ウバの周りに三匹が集まり、真剣な表情で問い詰める。

「猫かふぇには、人間が集う。わらわが主となる店で、飯炊き役が食事を用意し、客は対価を支払うのだ。これを社に見立てれば、人間の信奉が集まるやもしれん」

「なるほど。猫カフェが繁盛してウバに人気が集まれば、それが信奉に繋がるというわけか」

「ふむふむ、それはとても魅力的な提案だな。試す価値はある」

「そうね。むしろ協力しない理由がないわ」

三匹は目を見合わせ、一斉に頷いた。

「いいぞ。猫カフェで働いてやろう。食事もつくようだしな」

「体が綺麗になるなら願ってもないことだし、あたしもやるわ」

「俺も、正直乗り気じゃなかったけど、これで覚悟が固まった。美来、俺たちはやるぞ」

キリマと猫又と仙狸が揃って美来の前に座り、彼女を見上げる。

「よかった。じゃあこれからよろしくね」

美来はホッと胸を撫で下ろす。

「僕たちの力を取り戻すために、はりきって店を盛り上げなければならないな！」

「ふふん、元花魁のあたしにお任せあれ。こと接客において、あたしの右に出る者はいなくってよ」

仙狸がその場でクルクルと回り、猫又は自信満々に鼻を鳴らす。

「先に言っておくが、妖しげな術は使うなよ。いきなり怪しまれて人間が店に寄りつかなくなったら困るからな」

キリマが釘を刺すと、猫又がギクリと背中の毛を逆立たせた。

「や、やあねえ、使わないわよ」

「絶対、使おうって思ってただろ」

「大丈夫だ。猫又も僕も、今は力がないも同然だからな。魅了の術を使ったところでたいした効果にならない。それに、そういう技は店が軌道に乗った段階でさりげなく使っていくのがばれないコツなのだ」

前足で顔を洗い、ククと仙狸が黒い笑みを浮かべる。すかさずキリマが「おいっ」とその頭を叩いて突っ込みを入れた。

一時はどうなることかと思ったが、ウバの提案が効を奏し、うまくやっていけそうだ。

「ウバ、ありがとう」

礼を口にした美来がウバへ向き直る。

すると、ウバは少し離れたところで、ジッと三匹の化け猫を見ていた。

その表情はどこか寂しそうで、まるで仲間はずれにされた子猫のようだ。

「ウバ？」

「ん？　ああ。……わらわにかかれば容易(たやす)いものよ。せいぜいわらわの慈悲深き采配に感謝するがよい」

ウバはすぐに調子を取り戻し、いつも通りにふんぞり返る。

だが、美来にはウバが懸命に虚勢を張っているみたいにも見えた。

力を奪った猫神と、奪われた化け猫たち。

両者の間には深い溝(みぞ)があって、その隔(へだ)たりを埋めるのは難しいのかもしれない。

でも、それは悲しい。できることなら、これからは皆で協力しあって、仲良くしてもらいたい。

そのためにはどうすればいいのだろうか。

考えても、今の美来ではなにも思いつかなかった。

第三章　ばけねこのカフェにようこそ！

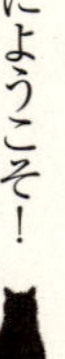

古びた喫茶店が休業してから二ヶ月。じりじりと太陽がアスファルトを焼き、セミがミンミンと大合唱している八月の初旬。改装を終えた喫茶店が再びシャッターを開けた。

『ねこのふカフェ』

それが新しい喫茶店の名前だ。家族で懸命に考え、最終的に源郎が決めた。店の姿形が変わろうとも、武士（もののふ）の精神で、気高くコーヒーを提供したい。源郎いわく、そんな気持ちが込められているらしい。

お祝いとして、桜坂をはじめ、近所の商店街からもスタンド花が届けられたので、入り口の脇に飾る。改装前の喫茶店で常連だった客からも胡蝶蘭（こちょうらん）が贈られた。

客入りはよく、初日は想像していた以上の稼ぎを収めることができたおかげで、源郎はとても機嫌がいい。

それから二週間ほど経っても、集客力は落ちず、ほどよく客が入り続けている。

世間の学生が夏休みということもあり、口コミがじわじわと広がっているらしい。

若者が若者を呼び、友達を連れて遊びにくるリピーターもよく見られた。

ねこのふカフェは、滞在時間を決めたチケット制で、客の回転率を上げている。

客たちは源郎の淹れるコーヒーを味わい、可愛らしい猫たちに心を和ませていた。

スマートなスタイルの黒猫であるキリマに、可愛らしいアメリカンショートヘアの『ジリン』。癒し系の見た目を持つ三毛猫の『モカ』。ジリンとモカはそれぞれ猫又と仙狸なのだが、名前は美来がつけた。

彼ら『猫スタッフ』がとても人懐こいおかげで、ねこのふカフェの人気は一気に上昇したのだ。

皆、気まぐれに見えて、絶妙のタイミングで客の膝に乗り、頭を撫でればごろごろと喉を鳴らし、気持ちよさそうに目を細める。

そして一際客の注目を集めるのが、非常にボリュームのあるペルシャ猫、ウバだった。

少し高い台座の上にどっしりと座る姿は貫禄がある。台座にはプレートがついていて『ねこのふカフェの守り神・ウバちゃんです』と書いてあった。これは美来が両親に提案したアイデアだ。

ある日、物珍しそうに男性客が台座に近寄った。

ふかふかクッションの手前に置かれているのは、ミニチュア版の賽銭箱。

客は賽銭箱に惹かれたのか、一円玉をチャリンと入れた。するとウバは嬉しそうに「ニャン」と鳴く。

「えっ」

驚いた客はもう一度、硬貨を入れてみた。直後、またウバが「ニャーン」と鳴く。その鳴き声はダミ声で全く可愛くなかったが、賽銭に反応する猫というのが面白かったらしい。客はすぐさま店員の美来に声をかけてきた。

「あの、この猫、写真撮っていいですか?」

「フラッシュを使わなければ大丈夫ですよ。猫が嫌がったらご遠慮願います」

笑顔で応対すると、客はウバの写真をスマートフォンでカシャリと撮った。そして席に戻り、せわしなくフリック操作を始める。

SNSか、コミュニケーションアプリか、誰かにこの店のことを伝えているのかもしれない。客の声は宣伝に繋がるので、積極的にお願いしたいところだ。ちなみに、ウバをあの台座に座らせたのは、キリマたちの提案だった。

この『ねこのふカフェ』を社に見立てて、人を集める。さらに賽銭などのわかりやすい供物があれば、猫神の力が蓄えられていくのだとか。

ウバの様子を見ていた女性客が、好奇心にかられて台座に近づく。そして五円玉を賽銭箱に入れると、やはりウバは「ニャア」とダミ声で鳴いた。

「この猫、面白い！　他にも反応するのかなあ」

友達同士で来ていた客がキャッキャと話し始める。そこに、ススと花代子が近づいた。

「猫用おやつもありますよ。一袋百円です」

「じゃあそれください！　ふたりで半分こしてあげよ！」

客は花代子から猫用おやつを購入し、カリカリをひとつ手のひらに載せてウバに近づける。するとウバはお行儀よく座りながらカリカリを食べて、ぺろりと客の指も舐めた。

「わあ、舐めた！　可愛い！」

「私もあげたい～！　どっしり座って、神様みたいだね」

女性客が楽しげな声を上げて盛り上がる。当のウバはまんざらでもなさそうな顔をして、チラッとキリマへ視線を向けた。

明らかにムカッとした様子を見せるキリマ。なんてちょろい。賽銭をもらってニャアと鳴いて、カリカリを食べると可愛がられる。わらわは人気者であろう？　と言わんばかりのウバに腹を立てたのだろう。

「ニャ～ン」

キリマは一際可愛らしい声を上げると、カウンター席でコーヒーを飲んでいた男性客の足に擦り寄った。

「おっ、可愛い。おいでおいで」

「ニャン！」

キリマが愛想よく鳴き、膝に乗る。たちまち客はだらしないデレ顔になって、キリマの頭や背中を撫で始めた。

一方、ジリンやモカも負けてはいない。協力すると決めた以上はまじめにやるつもりらしく、様々な客に甘えては愛想を振りまいていた。中でもジリンの可愛らしさは格別である。アメリカンショートヘアという人気品種の姿であることに加えて、なぜか妖艶な美しさがにじみ出ているのだ。その雅な仕草に目を奪われる客は多く、一番写真を撮られたのは、実はウバではなくジリンだった。

美来たち家族は毎日くたくたになりつつも、手応えを感じている。寂れていた喫茶店時代に比べて一気に忙しくなったが、とても充実していた。

改装開店から三週間目。その日も満員御礼のまま閉店時間となり、客を見送ってからシャッターを閉める。

洗った食器を片付けながら、源郎がホッとしたような顔で肩の力を抜いた。

「本当に、勇気を出して改装してよかったなあ。前の常連客も来てくれているし、猫目当ての客、とりわけ女性客が増えたのが嬉しいよ。猫さまさまだ」

「フードメニューもリニューアルして正解だったわね～」

モップをかける花代子もニコニコしている。

「猫好きの男性客も結構来たから、ファンシーなお料理以外も色々用意したいよね。せっかくお店の内装は、男女関係なく入れそうな雰囲気にしたんだし」

美来も布巾でテーブルを拭きつつ言う。

木目の美しい木材と化粧丸太を使った内装。外観も、猫を押し出した可愛いデザインではなく、お洒落感のあるナチュラルな雰囲気を目指した。

フードメニューは、女性客を意識した安価なランチを考えて、猫型のパンケーキや、猫柄のラテアートなど、見た目も可愛いメニューを揃えてある。

また、猫の疲労を考慮して、猫の『出勤時間』は、ランチタイムから閉店までの五時間に限定した。だからこそ、猫がいない朝の時間も客入りをよくするため、モーニングのメニューもリニューアルしたのだ。

「カレーのメシ部分を猫の形にするなんて馬鹿らしいと思ったが、意外と人気があったなあ」

「料理の味はもちろんだけど、今は写真映えも考えなきゃいけないんだよ。ドリンクも、ラテアートやウィンナコーヒーのホイップクリーム部分をデコレーションしたのがよく売れたでしょ？」

「俺は味さえよければいいって思っていたが、これも時代なんだなあ」

どこか遠い目をする源郎。花代子がざぶざぶとモップを洗いながら明るく笑った。

「なんにしても、大事なのは継続力よ。味もサービスも安定させなきゃね。と、いうわけで、猫ちゃん今日もお疲れ様でした。本日はおたのしみの金曜日です！」

花代子がとっておきの高級猫缶を取り出す。毎週金曜日は猫たちのボーナスデーなのだ。すっかり猫缶の虜（とりこ）になってしまった猫たちは、揃って「ニャーン！」と嬉しそうに声を上げ、花代子の周りをぐるぐる走り回った。

ねこのふカフェが開店して、一ヶ月が経った。

正式な従業員としてねこのふカフェの店員になった美来は、毎日を忙しく過ごしている。

気楽なアルバイトの頃に比べて、仕事量も勤務時間も増えたのだ。働くことは楽しいものの、疲労も溜まる。

「今日も疲れたなあ……」

その日も閉店の掃除を終えた後、部屋に戻った美来はベッドでぐったりと伏せっていた。

「美来、お疲れ様」

傍（そば）に擦り寄ってきたのはキリマだ。美来はニコリと笑うと、あおむけになってキリマを抱き上げた。

「キリマこそ、お疲れ様じゃない？　最近ちょっと元気ないよ。大丈夫？」

頭を撫でられ気持ちよさそうに目を瞑（つぶ）ったキリマは、ごろごろと喉を鳴らして美来に頬ずりをした。

「体は平気だぞ。元気がないというより、寂しいのかもしれない。今までは、美来が家にいるときはずーっと一緒だったのに、その時間が減ったからさ」

「キリマ……」

美来はベッドから起き上がると、しょげた様子のキリマをギュッと抱きしめる。

「ごめんねキリマ、今度の休みはいっぱい遊ぼうね！」

「う、苦しい。で、でも、嬉しいな」

美来がキリマのぬくぬくした温かさを心地よく感じていたところ、キィと音がした。

音の方向に目を向けると、開いていたドアからウバやジリン、モカが続けて入ってくる。

「なんじゃ、キリマ。ここにおったのか。わらわたちはすでにごはんを食べてしまったぞ」

「俺はあとで、美来と一緒に食べるからいいんだよ」

美来の腕の中から顔を出して、キリマがウバに言う。ジリンは滑らかに四本足で歩き、スタッと出窓に飛び乗った。

「キリマは美来一筋なのねえ。見てるこっちが照れちゃうわ」

「昔のキリマを知っていると、まるで別人、いや、別猫だな」

ベッドの端で丸くなったモカが呆れた口調で呟く。

ふわりと美来の鼻に届くのは、薄いハーブの香り。ジリンが満足そうに前足を舐めて毛繕いをしていた。

「ジリン、お母さんにシャンプーしてもらったの？」

「ええ。美来のお母さんのシャンプーってすっごく気持ちいいわね。クセになっちゃいそう。コームで毛を梳いてもらう時なんて、最高のエクスタシーを感じるわあ」

うっとりした瞳で言うジリンに、美来とキリマは同時にガクッとよろけた。

「おっ、お前な、エクスタシーなんて言葉、どこで覚えてきたんだよ！」

「あたしが棲んでいたところは繁華街だったのよ。あそこは人間が様々な話をしているから、自然とあたしも色々な言葉を覚えちゃった」

「僕も繁華街に住んでいたが、そんな奇妙な言葉は聞かなかったぞ。エクスタシーとは、どういう意味なのだ？」

モカが翡翠色の目を丸くさせ、興味津々に聞く。なんと答えたらいいものかわからず、困った美来は無理矢理話題を変えることにした。

「えっと、ウバ、最近はどう？　その……神様の力は戻ってきているの？」

すると、部屋のクッションを占領していたウバが「なにを言っておるのじゃ」と美来に視線を向けた。

「そんなにすぐ戻るわけがなかろう。わらわが棲んでいた社には、ここに来る客よりもっと多くの人間が参拝していたのだ。まあしかし、おぬしらが提案した『お賽銭大作戦』は思っていたより効率がいいぞ。賽銭が箱に落ちた時の音は、わらわにとって懐かしくも心地よい音だった。この調子で行けば、おのずと力が戻るであろう」

満足そうにひげをぴくぴく揺らすウバに、美来は安心する。

「前にキリマが、人間の信奉を失ったから力をなくしたと言っていたよね。神様の力は、人間の気持ちによって左右されるものなの？」

この機会に、疑問に思っていたことを口にしてみる。するとウバは金色の瞳で美来を見つめた後、「そうさな」と言った。

「敬い、信じる心。それは神にとって食事も同然なのだ。人間は、ものを食わねば腹が減って力が出なくなるであろう？　そして、やがて飢えて死ぬ。神も同じよ。人間と違うところは、飢えても簡単に死なぬところじゃな」

ウバがクッションの上で寝そべる。キリマが思い出したように「そういえば」と耳を跳ねさせて顔を上げた。

「力を失ったって言っても、昔はここまでじゃなかったよな。落ちぶれてもアンタは猫神の力を持っていた。それなのに今は俺たちと同じくらい無力だ。山にこもってる間に、なにかあったのか？」

キリマの質問に、ウバが決まりが悪そうにそっぽを向く。どうやら本当に山でなにかあったらしい。美来と猫たちの視線が集まって、ウバは重い口を開いた。

「ちいとな、鬼退治をしたのだ」

「鬼退治？」

ジリンの問いかけに、ウバは頷く。

「山で、キリマと同じ類の猫鬼に出会ったのだ。あれは人間に取り憑き、同化しておってな。人間も衰弱して、見ていられなかった。だから、その人間から猫鬼を剥がしてやったのじゃ」

「それで、どうなったんだ？」

興味が出たのか、モカも疑問を投げかける。ウバはその時のことを思い出したのか、しかめ面をしてふわふわの尻尾に顔をうずめた。

「知らん。わらわはその時点で力を完全に使い果たし、気を失ってしまったのだ。気づいた時には、取り憑かれていた人間も猫鬼もいなかった。ゆえに、わからんのだ」

「ウバは完全に自分の力をなくしてしまったから、山を下りたの？」

美来も気になって、尋ねてみる。

四百年も山に棲んでいた猫神が山を下りた理由が、どうしても知りたかったのだ。

ウバは美来に顔を向ける。

「最初に言ったであろう。山を下りたのはわらわの気まぐれじゃ。戯れに人里を見てみたくなったのよ。それ以上でもそれ以下でもない。わらわがここにいるのは、単なる偶然じゃ」

あとは語るつもりがないのか、ウバは大きくあくびをすると「わらわは寝るぞ」と言って、クッションの上で沈黙してしまった。

　残された三匹と美来は互いに目を合わせる。なんとなくだが、美来はウバがなにか隠し事をしているように思えた。キリマたちも同様に考えているのだろう。

　ウバが残り少ない力を振り絞った鬼退治。山を下りてきた本当の理由は、そこにあるのではないか。

　いつかは、話してほしい。

　美来はキリマを胸に抱いたまま、巨大な毛玉と化したウバを見つめた。

　暦(こよみ)は九月という初秋に入ったものの、未だ夏の匂いが色濃く、うだるような暑さが続いていた。

　猫カフェの経営は軌道に乗ったと言えるだろう。改装開店した初日に比べれば客の数こそ減ったものの、古い喫茶店だった頃よりもずっと客足が多い。

　インターネットでの口コミも上々だった。味にこだわりのあるマスターが淹(い)れるコーヒーはおいしく、スイーツや軽食の質もよい、という評価もついている。更に『ねこのふカフェ』の猫たちは、グルメサイトやSNSでも人気を博(はく)していた。

『まるで人間の言葉がわかっているみたいに人懐っこい』

『写真を撮る時、なぜか止まってくれる。可愛いポーズをとってくれる』

『台座にどっしりと座ってるブタ猫が迫力大！』

客が更なる客を呼び、特に若い女性を中心に来店する。猫たちは皆それぞれに人気があったが、中でもジリンはひときわ可愛がられていた。愛らしく、時に妖艶（ようえん）で、プライドが高そうな見た目なのに、撫でると甘い鳴き声で懐いてくる。美来は接客中、ジリンによってめろめろにされる客たちを幾度となく見てきた。

夜、カフェのシャッターを閉めたあと、美来は掃除を始める。

今日は猫たちもカフェに居残っていて、カウンターの上でくつろいでいたモカが「時に」と顔を上げた。

「ジリンの人気は、まさか魅了の術ではあるまいな？」

猫又は人間を惑（まど）わす術が使えるらしい。しかしジリンはそっけなく、「そんな力があるわけないでしょ」とすまし顔をした。

「そうだよなあ。まだモカもジリンも、化け猫の力が戻ってないはずだ。それなのに、ジリンの人気が一際高いのはなぜだ？　特別なことをしている様子には見えないのに」

キリマもモカと同じような疑問を持っていたようだ。

すると、ジリンはすっくと立ち上がり、後ろ足で床を蹴ってピョンと跳躍(ちょうやく)した。

そしてモップがけをしていた美来の頭にスタッと乗る。

「わっ⁉」

慌ててバランスを取る美来を足蹴(あしげ)にして、ジリンが声高に言い放った。

「あのねえ、あたしたちは――『キャスト』なのよ！」

なんだかとても威厳のある雰囲気だ。美来と三匹の猫たちはぽかんとする。

「きゃ、きゃすと？」

初耳なのか、モカが戸惑った様子で首を傾げると、ジリンはコクリと頷く。

「料金分のサービスを提供する。それがプロってものよ。『ねこのふカフェ』は時間制限のあるチケット制だから、あたしたちはチケット一枚分の愛想を売るのがお仕事なの。でないと次に繋がらないわ。客を定期的に店へ通わせるには、キャストの愛想が重要なのよ！」

ふふんっと、ジリンが得意げに語る。モカは顔をしかめた。

「じ、ジリン、君は、繁華街のどの辺りに棲んでいたんだ……」

「キャバクラが並んでるところよ。残飯が多くて食べ物に困らなかったからねっ」

「やっぱりかー！　僕たちは夜の仕事をしているわけじゃない。そこまで真剣にならなくてもいいだろう」

「なに言ってるのよ！　客商売に昼も夜もないわっ！」

ジリンが尻尾と耳を立てた威嚇（いかく）の姿勢を取る。思わずモカは耳とひげを垂らし、一歩、二歩と、後ずさった。

「いいこと。キャストは客にへりくだる必要はない。ただ可愛い猫と戯れ（たわむ）れたいという欲望を満たし、気持ちよくお金を払ってもらうのよ。そうすればおのずと、この店にじゃんじゃん客が来るようになるわ。ウバの力を取り戻すためにも、あたしは『ねこのふカフェ』のナンバーワンになるのよ！」

カッとジリンが目を光らせる。ちなみに、彼女がずっと頭上にいるので美来は掃除が再開できない。どうやらカフェの中で一番高い『置物』が美来だったため、頭に乗ってきたようだ。なかなか酷い扱いである。

ウバが引きつった顔をしてジリンを見上げた。

「お、おぬし、なんでそこまで燃えておるのじゃ。そんなに己の力を取り戻したいのか」

「当然よっ！　猫又の力が戻ればできることも増えるからね。それになにより、ナンバーワン……なんていい響きなの！　元花魁の血が騒ぐわっ！」

「どっちかっていうと、ジリンは力を戻したいというより、ナンバーワンとやらになりたいだけなんじゃねえか？」

キリマが呆れたように言うと、モカは納得した様子でフムフムと頷く。そしてカウンターの上で寝そべり、パタパタと尻尾を上下させる。

「ジリンの人気は、いわゆる昔取った杵柄ってやつか。魅了の術じゃなくて安心したよ。僕は雄だから花魁になったことはないし、ナンバーワンを目指すつもりもないけどね」

「大丈夫よモカ。今は昔と違って、雄版の花魁もいるの。繁華街ではホストって呼ばれてたわ」

「それくらいは僕も知ってるけど、僕はホストになるつもりはないよ！」

「そう～？　楽しそうだったわよ。お酒を飲んで飲ませてシャンパンタワー立てて踊れや歌えや大賑わい！　モカも目指してみたら？　カタブツなアンタでも人気出るかもしれないわよ」

前足を口元に当ててクスクス笑うジリンに、「お断りだっ」と毛を逆立てるモカ。

美来は会話を聞きながら、二匹が人間になった姿をぼんやりと想像した。

花魁と言っていたくらいなのだから、ジリンは間違いなく美人なのだろう。猫の姿からして可愛らしくて、妖艶な流し目は小悪魔的なのに、不思議と庇護欲にかられるのだ。人間の姿になってもその魅力はなくならないと容易に想像できる。

では、モカはどうだろう？　仙狸というところから、知的な男性になるのかもしれない。三毛猫姿でイメージするなら、髪は明るい茶色だろうか。黒フチのメガネが似合う、年上のお姉さんに可愛がられる童顔の男性だと人気が高そうだ。

「いいかも。童顔の知的青年……のホスト」

モップを片手に、ジリンを頭に乗せて頷いていると、キリマが美来の足に擦り寄った。

「なにをブツブツ言ってるんだ？」

「あ、うん。ジリンやモカが人間の姿になったらってどんな感じかな～って、想像すると楽しくて。キリマは、黒髪の似合うカッコイイ人になりそうだね」

美来がそう言うと、キリマはびっくりしたように全身の毛を逆立て、ぐるぐるとその場を歩き回った。

「み、み、美来は、俺のこと、かっこいいって思っているのか？」

「うん。りりしい顔つきに、スマートな体型で黒毛も似合ってるし、アイスブルーの瞳も素敵だし。キリマはとってもカッコイイ猫だよ」

キリマはその言葉を聞いた途端、ガチンと動きを止めた。そしてわなわなと美来を見上げ、頭上のジリンを持ち上げてカウンターに置く美来の足に飛び付いた。

「ぎゃ!?」

「俺も美来のことは、優しくてすごく可愛いっていつも思ってる！　こんなに素敵な人は生まれて初めて見たってくらい、美来は綺麗だ！　本当だぞ！」

「う、うん。ありがとう。ちょっと照れるけど、嬉しいよ」

足に張り付かれて驚いたものの、美来は笑顔でキリマの頭を撫でる。それからようやく掃除を再開した。

キリマはふにゃーと幸せそうに床で伸びている。そんな彼を、ジリンが呆れたように見下ろした。

「まったく、男って単純ね」

「然(しか)り、然り」

ジリンの言葉に深く頷くウバ。

「僕は違うからな！　そこの色気づいた猫鬼と一緒にしないでくれたまえ！」

モカは慌てて起き上がると、尻尾を立てて怒鳴った。

第四章　猫神による『返技の儀』

『ねこのふカフェ』の店長、鹿嶋源郎は今日も朝から仕込みに入る。

店構えが変わっても、彼の仕事は変わらない。源郎の仕事は猫の世話ではなく、客に最高の一杯を飲んでもらい、こだわりの料理を提供することだ。

菓子類は外注だが、その他のフードメニューはすべて源郎ひとりで作っている。今日の日替わりランチはカルツォーネとサラダだ。手作りのピザ生地を半月型に折って焼くカルツォーネは、食べればトロリとチーズがこぼれるし、昨晩作って寝かせたピザソースにはパンチェッタを厚切りにしたものがたっぷり入っている。

昔からの顔なじみや常連客はもちろん、猫に釣られて来た新規客にも源郎のカルツォーネは人気が高い。

源郎の望みは、ただただ、おいしいと言ってもらうことだけ。客の幸せそうな顔を見るのが、源郎にとって最高の労いだった。

鼻歌でお気に入りの歌をうたいながら、練り上げたピザ生地をボウルに入れて寝かせる。ランチタイムには焼き立てが出せるだろう。

シンクで手を洗いつつ時計を見れば、そろそろ九時にさしかかる頃だった。カフェの開店時間までもう数分だ。源郎はコーヒー器具の整備を始める。心落ち着く芳しい香りが漂う中、大好きな歌をうたうのは至福の時だ——

「ニャー！」

「のわあ！」

ダンディズム溢れる笑みを浮かべていた源郎の顔に、もふもふした重い塊が激突した。視界が遮られて、そのままどすんと尻餅をついてしまう。

「ニャッ」

源郎の顔を足蹴にして、ピョイとカウンターの向こうにジャンプしていく猫。それは毛の長い巨大なペルシャ猫、ウバだった。

「こらっ、ウバ！　厨房には入るなっつっただろ！」

「ニャーア」

「って、猫に言ってもわかるわけねえか。美来はどこだ？　自分の飼い猫くらいちゃんと管理しろと言うんだ」

ブツブツと文句を言いながら立ち上がる。カフェエプロンを手で払っていると、ウバは定位置の上座へのっしりと座り、不遜かつ物言いたげな様子で源郎を見ていた。

ぱったん、ぱったん。

ウバのボリュームたっぷりの白い尻尾が上下する。猫というよりタヌキの尻尾みたいだな、と源郎は思う。

最初は無視して作業に戻ったが、あまりにウバの視線が強く、だんだん気になってくる。

「おい、ウバ。今は猫の出勤時間じゃねえぞ。お前たちの出番はランチタイムからだ。家に戻ってのんびりしてろ」

「ニャー」

「なんだよ。俺に猫語はわかんねーよ。ここにいたい気分なのか？」

「ニャッ」

「……わかったよ。好きにしろ。変な猫だよな、おまえ」

源郎の言葉に、ウバは満足したように目を細めると、くああと大きくあくびをして尻尾をたたみ、横になった。やがて、そのまま寝てしまう。

まったくマイペースな猫だ。それにしても、ウバには不思議なところがある。時々だが、源郎の言葉を理解しているとしか思えない反応を取るのだ。さっきのやりとりも、まるで返事をしているかのようだった。

客から『お賽銭』として小銭やおやつを貰う時も、ウバはいちいち鳴いたり、嬉しそうにお座りをしたりする。まさか本当に人の言葉を理解しているのだろうか。

そこまで考えた源郎は、フッと笑うと首を横に振った。

「阿呆か俺は。そんなことあるわけないだろ」

猫が人の言葉を理解するなどあり得ない。

源郎はいつの間にか、猫と過ごす毎日がそう嫌ではなくなっていた。あんなにも猫を飼うことを反対していたのに、猫に囲まれる生活を、思っていたよりも楽しく感じている。

最初は猫が増えた分、苦労するのだと覚悟していた。しかし、家に住む猫たちは基本的に『いい子』で、あまりいたずらをしないのだ。常に落ち着いていて、悪く言えば猫らしくない。悩みの種は、時々ウバが厨房に突撃してくる程度だ。

世話が楽なのはいいのだろうが、あまりに聞き分けがよすぎるとかえって心配になってしまう。

「キリマなんか昔っから大人しくて、ずっと美来にくっついてるし、新しく入ってきたジリンやモカも、普段は毛繕いか昼寝くらいしかしない。もっとやんちゃに遊んでもかまわないのになあ。今度、猫の遊び道具でも買ってやるかな」

源郎がそう呟いた時、カフェの玄関がカチャリと開いた。

「お客様、すみません。まだ開店時間ではなくて……」

「おはようございます。ケーキの配達に伺いましたよ～」

店に入ってきたのは、長身にさっくりした猫っ毛が似合う、爽やかなアイドル顔の男性だった。大判のケースを持っており、その中にはできたてのケーキが並んでいる。

彼は桜坂の紹介で『ねこのふカフェ』と契約した、人気ケーキ屋のパティシエだ。

ケーキはどれも可愛らしくて、女性ウケを意識したデザインが多い。味もいいので、グルメ雑誌から取材を受けたこともあるらしい。

「ああ、甘楽(かんら)さんですか。おはようございます。今、美来を呼びますね」

彼の相手は美来に任せている。というのも、源郎はこの甘楽という男が苦手なのだ。

そして個人的な理由で花代子にも会わせたくない。

内線で呼びつけると、程なく美来が裏口から入ってきた。足下には黒猫のキリマもついてきている。あの猫は常に美来の傍にいるのだ。まるで彼女を守っているかのように。

「甘楽さん、おはようございます」

「おはよ～美来ちゃん。本日のおすすめケーキですよ」

「いつもありがとうございます。素敵なケーキばかりですね」

美来がぺこりと頭を下げると、甘楽と呼ばれた男はニッコリと微笑み、カウンターにトレーを置いた。

「今日は秋を意識して、暖色系でまとめてみたんだよ。これはかぼちゃケーキ、これはリンゴのタルト。こっちはオレンジのチーズケーキだよ」

「どれも色鮮やかで、デコレーションが綺麗ですね。甘楽さんのところのケーキ、とても評判がいいから、いつも売り切れてしまうんですよ」

「それはありがたい話だ。これからも末永くごひいきに。ところで美来ちゃん、おすすめしたいスイーツのお店があるんだよ。カフェの定休日に行かない？」

父親の前で堂々とデートの打診をする甘楽。そう、これが源郎が彼を苦手とする理由だった。甘楽はケーキ職人としての腕はいいが、とんでもない女たらしなのである。娘を口説くのも面白くないが、妻の花代子にも声をかけるのは許せない。一度顔合わせとして花代子と会わせた時、甘楽は平気な顔をして「お茶をしませんか」と誘ったのだ。

夫として許せぬ行為である。だが、彼は決して本気ではない。ようするに、甘楽という人間は男として軽薄で軟派なだけなのだ。

「フーッ！」

美来の足元で、キリマが唸った。尻尾の毛を逆立て、前かがみになっている。耳とひげもピンと立てていて、今にも甘楽に飛びかかりそうな勢いだ。

まるでヤキモチを焼いているようだと思ったところで、「まさかな」と源郎は呟き、ちらりとウバを見た。人の言葉を理解しているような仕草をする巨大猫は、甘楽に興味がないのかグゥグゥといびきをかいて寝ている。

「こらキリマ、怒っちゃだめ」

慌てて美来はキリマを叱った。しかしキリマは機嫌が悪いままで、甘楽が「あははっ」と軽快に笑う。

「どうやら、僕はその猫に嫌われてるみたいだね。どうしたんだい？　ご主人様を取られてお怒りかな？」

「ウニャーッ！」

頭を撫でようと甘楽が手を近づけたところで、キリマは一層低い鳴き声で威嚇する。

美来は困った顔をしてキリマを抱き上げると、甘楽に頭を下げた。

「すみません。この子、男の人が苦手っぽくて」

「ご主人様を独り占めしたいんだよ。可愛いねえ。ところで、次の休みは？」

「今は飼い猫のケアで手一杯でして、お休みの日もお出かけは難しいんですよ。せっかく誘ってくださったのに、申し訳ありません」

ぺこりと美来が頭を下げる。甘楽はばつの悪そうな顔をして「謝らないでよ」と手を横に振った。

「いやあ、美来ちゃんはガード堅いよねえ～。残念。それじゃあ、またごひいきに～」

そう言って甘楽はカフェを去っていく。美来は「ありがとうございました」と声をかけたあと、ケーキを冷蔵庫に仕舞った。

美来は平凡な顔立ちで、とろんと目じりが下がったところにふんわりした雰囲気がある。一見押しに弱そうだが、意外とナンパには強く、はっきり拒否するのだ。桜坂の猫カフェでアルバイトをしていた頃も、一度たりとも甘楽の誘いに頷いたことがないらしい。

「親としては安心なんだがなあ」

源郎はぽつりと呟き、美来に声をかけた。

「美来はああいう男がタイプじゃないのか？」

「へっ？」

キョトンと目を丸くして、美来は父を見上げる。どうも質問の意味がわかっていないようだ。

「甘楽は顔がいいだろ。お茶しねえかって誘われて、一回くらい乗り気になったことはないのか？」

「確かに甘楽さんは素敵な人だけど、休日は私もやることがあるし、わざわざスイーツを食べにいくほど甘いものが好きってわけじゃないからね」

「いや、スイーツは方便というか誘い文句というか、狙いは別にあってだな」

「狙い？　スイーツを食べる以外に、なにかあるの？」

　美来が心底不思議そうに聞いてくる。源郎が答えあぐねている間に、キリマが厨房の外から機嫌の悪い鳴き声を上げた。

「ニャーニャー！」

　さっさと用事を済ませてこいと言わんばかりだ。美来も「はいはい」とキリマに笑って、冷蔵庫の扉を閉める。

「もうすぐ開店だね。お母さんを呼んでくるよ」

「すまんな。朝はそんなに客もこねえし、のんびりでいいぞ」

　源郎が答えると、美来は頷き、キリマと共に裏口から出ていく。残された源郎は決まりが悪そうに後ろ頭をぽりぽりと掻いた。

「なんというか……ちと、育て方を間違えた……かな」

　十九にもなる娘が未だ恋愛の機微を理解していないのは、父親として安心なものの、やっぱり心配になる。娘はちゃんと好きな相手を見つけて結婚できるのだろうか。

「い、いや、結婚なんてまだ早い。うん。そのうち自分で見つけるよな。チャラチャラヘラヘラしてねえような、硬派で、仕事ができて、責任感が強そうで、武道の心得があって、頭がよくて優しくて、酒は飲めなくてもいいがコーヒーを嗜んでいて。あと、字が綺麗で」

ブツブツと無理難題を呟きつつ、源郎はカフェの玄関に看板を立てかけ、開店作業を始める。台座のほうでは、ようやくうたた寝から目覚めたウバが、大きく伸びをしていた。

🐾
🐾
🐾

美来が実家に戻るなり、キリマはのしのしと歩きながら、ぷりぷりと怒り出す。

「なんだアイツ。顔を合わせるたび美来に声をかけやがって。呪ってやろうか」

「キリマは本当に甘楽さんが嫌いなんだねえ。会いたくないならついてこなくてもいいのに」

「そういうわけにはいかない！　俺は美来を守るって決めているんだから」

廊下を歩く美来の足下で、キリマの尻尾は逆立ったままだ。

「甘楽さんは単なるケーキ屋さんなのに？　なにから守るのよ～」

「そっ、それはっ！……いや、いいんだ。俺が美来の傍にいたいだけだし、むしろ美来はそれくらい鈍感でいてくれたほうが助かるし……」

そっぽを向いて呟いたキリマの三角の耳がぴんっと跳ねる。その時、花代子が洗濯カゴを持って二階の階段から下りてきた。美来は足を止めて、花代子に声をかける。

「お母さん、そろそろお店の開店時間だよ」

「あっ、本当だわ〜。そういえばキリマくん、そろそろ爪切りしといたほうがいいんじゃない？　二階からチャカチャカと爪の音がしてたわよ」

美来がキリマを見下ろして言うと、キリマが微妙に嫌そうな顔で後ずさりをした。

「そういえば最近してなかったね。皆の分もやっとくよ」

キリマはシャンプーは好きなのだが、爪切りは得意ではない。

花代子がカフェの手伝いに行くのを見届け、美来はキリマを抱き上げて二階に上がった。

カチャリと自室の扉を開けると、ジリンとモカが思い思いの場所でくつろいでいる。

美来は床にキリマを下ろし、猫用のトイレを掃除して飲み水を替え、部屋のフローリングにワイパーをかけた。化け猫とはいえ、こういった基本的な世話は普通の猫と同じなのだ。

「人間って物好きよねえ」

ビニール袋に汚れた猫砂を入れていると、美来のベッドで横になっていたジリンがしみじみした口調で言い出した。

「どうしたの、突然」

ジリンはベッドの上で丸くなり、美来を見つめる。

「他種族の世話を好んでしたがる生き物なんて、人間くらいじゃない？　毎日排泄したものを掃除して、お水をくれて、ごはんも用意する。私たちは楽でいいけどね」

「うーん、でも、猫が子犬を育てるって話を聞いたことがあるよ」

「それは母性本能から来る行動でしょう。でも人間は『娯楽』で世話をするわ。可愛いからとか、寂しいからとか、そんな理由で他種族の命を預かるのよ」

なるほど、と美来は頷く。確かに娯楽で動物を世話する種族は、人間のみなのかもしれない。ペットという概念は、人間だけが持つ価値観だ。

猫が子犬を世話することがあっても、それは猫にとって子犬がペットだからではない。では、ペットとはなんだろう？

美来が難しい顔をしていると、モカがトコトコと歩いて水飲み場まで近づく。

「僕が考えるに、ペットとは人間が持つ傲慢の形だな。自分たちが世界で一番強い種族だと思っているから、その他の生物を保護し、世話をするんだ。それが強者の義務だと言わんばかりにね」

「余裕の表れね。富を手にした人間は同種族である人間もペットにして世話をするって聞いたことあるもの。確か、そうやって飼われている人間をヒモって呼ぶんですって」

すましたジリンの言葉に、美来は「ぶふっ」と噴いてしまった。

「ちょっと。ヒモなんて言葉、どこで覚えてきたの！」

「もちろん棲んでいた繁華街よ。あとねえ、若い男の子を飼うのをツバメって言うそうよ」

「ほう。では、女の子を飼うのはなんと言うのだ？」

水を舐めていたモカまでもが興味を持って聞いてくる。

「さあ？　繁華街で働いていたホストたちは、そういうのに興味がなさそうだったからわからないわ。みんな早朝まで仕事して、その足でパチンコ屋に並んでいたのよ」

「パチンコ。あのジャラジャラとうるさいところか。なんであんな場所に通うのだろうな」

「ねえ、人間ってわからない生き物だわ。ホストたちは『貯金に行く』って言ってたけど、あきらかに稼いだお金をなくしてるのよね。変なの～」

「待って待って待って！　繁華街の話はおしまい！」

話の方向があらぬ方向へ進みそうになって、美来は慌てて二匹を止めた。まったくジリンの野良猫時代が気になって仕方ない。他にも妙な知識を蓄えていそうだ。

「確かに、ペットは人間の傲慢が生み出した文化なのかもしれない。それでも私は、皆を家族だって思ってるよ。家族だからこそ、お世話するのが苦痛じゃないの。キリマはもちろんだけど、新しくうちに来てくれたジリンやモカも、私の大切な猫たちだよ」

にっこりと微笑むと、ジリンとモカは目を丸くして、照れたようにそっぽを向き、毛繕いを始めた。

素直じゃないところがあるけれど、きっとジリンもモカも、それなりに美来を『仲間』だと認めつつあるのだ。嬉しくなった美来はキリマを抱き上げて前足を手に取り、ベッドに座るとパチパチと爪を切り始めた。

「……なにしてるの？」

「爪切りだよ」

「えっ、待って、爪切りなんて嫌よ、私」

ほのぼのした雰囲気もつかの間、ジリンが後ずさりをする。爪切りを嫌う猫は多いと聞くが、ジリンも例外ではなかったようだ。モカも戸惑った様子で、爪を切られているキリマを見つめる。

「そのパチパチという音を聞くだけで尻尾がブルブルするぞ。キリマは嫌じゃないのか？」

「嫌に決まってるだろ。……でも、美来がやったほうがいいって言うから」

ムスッとしながら答えるキリマに、呆れ返ったモカがため息をついた。

「君は本当にふぬけたなあ」

美来はキリマの爪を手早く切り終え、二匹に顔を向ける。

「内猫は爪切りをしたほうがいいんだよ。巻き爪の予防になるし、カーテンにひっかけたら危ないもの。それにうちは客商売だから、お客さんの肌を守るためにも大事だと思わない？」

　美来が聞くと、ジリンがぴくぴくと耳を震わせた。

「客商売……そうね。花魁だった頃も、爪のケアは必須だったわ。仕方ないわね。どれだけ時が経とうとも、身だしなみは大事よ」

　折れたジリンを見たモカも、仕方ないと言わんばかりに小さな肩を落とす。

「そうだな。猫カフェを手伝うと言ったのは僕たちだ。……だが、くれぐれも痛くしないでくれたまえ」

「はいはい、了解です」

　美来は次にジリンの爪を切り、最後にモカの爪を切る。二匹とも嫌そうな顔をしていたが、暴れることはなかった。こうやって話せばわかるところが、普通の猫と違うところだろう。

「人間の家に棲み着くのも苦労するわね。あの薬臭い場所で針を打たれるのも嫌だったわ。野良猫の頃と比べて格段に衣食住の環境はよくなったから、痛し痒しね」

「人の社会に溶け込むためには、猫も譲歩せねばならんということだろう。僕は全国の猫たちに同情するよ」

やれやれとジリンとモカが文句を言い、美来は「そうだねえ」と笑った。

「予防接種は飼い主の義務だし、ジリンたちだって病気にならずに済むんだから、頑張ろうね。それに、我慢することといえばそれくらい――」

そう言いかけて、言葉を止める。そういえばもうひとつ、重要なことがあった。

「そうだ、去勢」

美来が言うか言わずかのところでキリマが駿足でベッドの端に逃げた。そしてカーテンで身を隠して伏せの体勢を取る。

「や、や、いやだ！　去勢は嫌だ！　反対！　それだけはだめだ！」

尻尾をピンと立てて唸るキリマを見て、ジリンとモカは驚いた顔をする。美来は、キリマを拾った時を思い出した。去勢しておこうかと親と話し合っていた途中、キリマが引っ掻くわ暴れるわの大騒ぎとなり、なだめるのにとても苦労したのだった。

「美来。俺、ちゃんとしてるだろ。発情期になっても大人しくしてるし、そもそも俺は、雌猫なんか興味ない。だって俺はずっと、こ、心に、決めた人が」

「ふふ、大丈夫だよキリマ。こっちにおいで。去勢手術はしないから」

笑いながら手招きすると、キリマはおずおずとカーテンの裏側から顔を出し、美来に近づく。足下まで歩いてきたところで「よいしょ」と抱き上げた。

猫の去勢手術をするのは、飼いきれない猫を増やさないためと、発情期にマーキングする習性を止めるためだ。拾ったばかりの頃に様子を見ていたら、キリマは決してマーキング行為をしなかったし、野良の雌猫とつがいになることもなかった。だから美来はなんとなく去勢手術をしないままにしていたのだ。

「あの頃は知らなかったとはいえ、キリマは猫鬼……普通の猫じゃないから、嫌に決まってるよね。きっと動物の猫も嫌だと思ってるだろうけど……本当にこれだけは人間の都合だよね」

キリマの頭を撫でると、ようやく落ち着いてきたのかグルグルと喉を鳴らした。

去勢をするのは、人間の都合だ。

軽率に増やして世話をしきれなくなった猫を捨てるのも、発情期に家中でマーキングされて困るのも、すべては人間側の事情に過ぎない。猫にとってみれば、繁殖行動は生き物として当然であり、なんの罪もないのだ。それを考えると胸が痛くなるけれど、そうしなければ結局不幸な猫を増やしてしまう。だから、去勢は生き物を飼う者として大切な選択肢なのだ。

「そうだね、正直に言うと少しだけホッとしてる。キリマたちが化け猫で、普通の猫とは違うところにね」

「俺に限って言えば必要ないと判断してくれてよかったよ。……うん、よかった、本当に」

しみじみと頷くキリマ。やけに感慨深く見えるが、そんなに去勢されるのが嫌だったのか。……人間に置き換えて考えてみれば、そりゃ嫌だろうな、と美来は思った。

「キリマも大変だな」

「そうね。好きな人が傍にいるのに雄でなくなるなんて、悲劇なんてものじゃないもの……」

ぼそぼそとジリンとモカが言葉を交わす。美来はわかっていないけれど、キリマにとっては色々な意味で、去勢は切実に勘弁してもらいたい事項なのだ。

猫カフェに猫スタッフが『出勤』するのは十一時からである。ちょうど時計が十時を知らせた頃、扉をカリカリと引っ掻く音が鳴った。

美来が扉を開けると、するりとウバが滑り込んでくる。猫用扉もあるのだが、ウバには狭くて入れないのだ。

「ウバ、どこに行ってたの？」

「うむ、ちとカフェのほうに顔を出していた。朝はわらわたちの出番ではないが、あの座布団でくつろいでいると、時々賽銭(さいせん)が貰えるのでな」

「へえ、意外と仕事熱心なんだな」

美来の膝でくつろいでいたキリマがピクッと耳を揺らして顔を上げる。ウバは「うむ」と頷いてプルプルと頭を振った。

「わらわとて、己の力を取り戻したい気持ちはおぬしらと一緒よ。客入りが思いのほかよかったものでな。今なら少しだけ力を返せるかもしれんと、地道に『招き猫』をしておった」

ノソノソと歩いて近くの座布団に座るウバに、三匹の猫たちは揃って反応した。耳を揺らして顔を向け、トトッとウバの周りに寄っていく。

「力が返せるだと？　それは本当か？」

モカの問いにウバは「うむ」と頷き、三匹の猫を見据える。

「人々から信奉(しんぽう)を集め、わずかながらも力を取り戻せたこと、わらわだけではなし得なかった。キリマ、ジリン、モカ。そなたたちに礼を。そして、美来」

ウバが顔を上げた。彼女の厳かな雰囲気に気圧されたように、美来は四匹から少し離れた場所でかしこまって正座をする。

「そなたに拾われたこと、深く感謝しよう。そなたとの出会いがなければ、わらわはあのまま、ただの猫として生きていた」

「ウバ……」

じんとした気持ちで、美来は目の前の猫を見つめる。

「美来、約束しよう。わらわはいつか、そなたに報いる。そなたの願いを神の御業で叶えてやろう」

「うん。期待しているね」

ニッコリと美来が微笑むと、ウバも目を瞑って「うにゃん」と鳴いた。その声は相変わらずのダミ声で可愛くはなかったが、少しずつ心を開きつつある大猫に、美来の心がほわりと温かくなる。

「さて、おぬしら。わらわの力はまだ不完全であるから、返せる力もほんのわずかだ。しかし『ねこのふカフェ』でコツコツと人心を集め、わらわの社が賑わえば、おのずと元の力が取り戻せるであろう」

「ああ、わかっている。もっと『ねこのふカフェ』を盛り上げていかないとな」

「ふふ、まるで私たちのお給料みたいね。ごはんはもちろんだけど、力が戻るのが一番嬉しいわ」

モカに続いてジリンが嬉しそうにひげを震わせる。ただキリマだけは、少し緊張したように尻尾を立てていた。

「……今更だけどさ」

キリマがぽつりと言う。皆の視線が彼に集まった。

「『俺』は、本当にいいのか？」

どこか含みのある問いかけに、ウバが静かに答える。

「無論。そこは公平に分けるのが神の度量よ。善悪で差別はせぬ。まあもっとも、キリマがかつてと同様の悪行を成せば、わらわはすぐさまおぬしを『退治』するがな」

ウバが明るく笑うと、キリマは「まいったな」と呟き、立てていた尻尾をぱたんと床に落とした。

「それなら問題ない。俺は美来を悲しませることだけはしないって、心に決めているから」

キリリとしたキリマに、ウバは頷く。

「めろめろだな」

「ぞっこんラブね」

ジリンとモカがヒソヒソと囁き合った。

「では、返技の儀を行うぞ」

座布団の上にどっしりと座ったウバが厳かに言う。三匹の猫たちはウバを囲み、行儀よく尻尾をたたんだ。

ぽわりとウバの白い毛がまばゆい金色に光る。続けて、ふわふわと辺りにシャボン玉のような光が浮いてはじけた。

その幻想的な情景に、美来は思わず見入ってしまう。お世辞にも可愛らしいとは言えない、巨大なペルシャ猫の出で立ちをしたウバは猫というかぶり物をした『神』なのだと、否応なく認識してしまうほど、その姿は美しくも神々しい。

周りの猫たちも、そんなウバをジッと見つめている。それぞれ色の違う瞳をしたあやかしの猫たち。皆、神妙な顔をして『返技の儀』が終わるのを待っている。

美来はいつの間にか、寂しさに似た気持ちを抱えていることに気がついた。

二年前に拾ったキリマの姿が浮かぶ。あの頃は単なる捨て猫だと思って、飼育することを決めたのだ。最初は水も舐めてくれなかったキリマが少しずつ美来に歩み寄って、いつしか寄り添ってくれるようになった。それがとても嬉しくて……キリマは美来の大切な家族になった。

そんなキリマが急にどこかへ行ってしまうような感覚を覚え、美来はギュッと手を握りしめる。

返技の儀は長かったのか短かったのか。やがて光り輝いていたウバが元の姿を取り戻し、金色の光はふんわりと消えていく。

最後に水滴に似た輝きが、キリマたち三匹のあやかし猫に降りかかった。

きらきらと体に光を灯した猫たちは、きょろきょろと自分の体を見る。モカはぐるりとその場を回り、ジリンはぷるぷると身震いした。そしてキリマは前足を上げたり尻尾を伸ばしたりする。

「終わったぞ」

ぐいーと伸びをしたウバはパタパタと頭を振って、四本足で立ち上がる。

「えっと、どう？　力は戻った？」

美来がおずおずと聞くと、一目散に彼女のもとへ走ってきたのはジリンとモカだった。

「美来、ホラ、これ見て頂戴！」

ジリンはクルッと後ろを向く。すると彼女のお尻から伸びる二本の尻尾の先が、ホタルのように淡い光を放っていた。モカの尻尾も同様に、枝分かれした尻尾がふわふわと光っている。

「すごい！　尻尾が光ってるよ!?」

「これが猫又や仙狸の特徴なんだ。まだすべての力が戻ったわけではないが、変化くらいならできそうだぞ」

「へ、変化？」

美来が目を丸くすると、ジリンとモカは互いに目を合わせて、こくんと頷く。

「そうよ。私たちの秘技、いくわよっ」

クルンと、モカとジリンが器用に宙返りをした。その瞬間、二匹の周りは霞(かすみ)がかかったように真っ白になる。

「うわあっ！」

美来は声を上げて驚いてしまった。霞が晴れると、アメリカンショートヘアと三毛猫の姿はどこにもない。代わりに、美来の前に立っていたのは――

艶やかな黒い髪、透き通る白い肌、そして品のある切れ長の眦。背筋がぞっとするほど美しい人間離れした顔に、魅惑的な体つきの女性。

その隣には、赤茶色のふんわりした短髪に、背丈が高くひきしまった体をした男性が立っていた。エメラルド色の瞳が麗しく、端整な相貌である。

「ジリン、モカ……」

ふたりの姿を見て、美来は正座したままへたりと腰を抜かした。驚愕の表情に、ふたりは満足したように微笑む。

だが、美来はプイッと横を向き、顔を赤らめた。

「あなたたち……服、着てない。裸！」

そう、ふたりは真っ裸なのだ。

ジリンの裸体も恥ずかしいが、モカなんて男性だ。上から下までばっちり見てしまった美来はぐるぐると目を回す。

モカとジリンはキョトンとして首を傾げる。しばらくして、美しい男性の姿になったモカがぽんと手を打った。

「そうだったジリン。人間に化けたのなら、服を着ないといけない」

「ああ～！　すっかり忘れてたわ！　服かあ、花魁時代は着物だったけど、今は洋服よね」

腕を組んでのんびりと悩み出す。なんでもいいから服を着ろと、腰を抜かしたまま

の美来がよたよたタンスに移動すると、後ろから「あっ」と声が聞こえた。

思わず振り向いたところ、そこには猫の姿に戻ったジリンとモカがいる。

「やっぱり長くは保たないわね」

「これから徐々に慣らしていけば、変化できる時間も長くなるだろう。僕なんか二百

年ぶりに変身したから、体がびっくりしているよ」

残念そうに前足を上げて見るジリンに、体のあちこちを舐めて毛繕いを始めるモカ。

美来はおずおずと二匹に近づき、改めて感嘆のため息をついた。

「すごいね……本当に君たち、あやかしの猫なんだ。それにしてもびっくりするくら

い美形だったね」

「うふ、あたしは自力で磨いたのよ。モカは天性のものだけどね」

天性のもの？　と、美来が首を傾げると、毛繕いを終えたモカが説明し始める。

「化け猫は二種類あるんだ。最初からあやかしであった猫と、普通の猫が長い時を経てあやかしに変化したもの。ジリンは後者で、僕やキリマは前者にあたる」

「へえ～、つまりモカは最初から美形だったんだね」

「そうだ。僕は昔、この見た目で数多くの人間の女をだまし、精力を奪い取る妖怪だったからな」

ゆるりと尻尾をくねらせたモカに、美来は「えっ」と引いた声を出す。

「人間の女をだましてた……つまり、モカは最低な男だったってこと？」

「最低ではない！　僕は精力を糧にする化け猫なんだ。それに同じ人間の精力ばかり食べ続けていると飽きてしまうだろ。とっかえひっかえしたほうが効率的なんだ！」

「モカよ、墓穴を掘っておるぞ」

ずっと黙って聞いていたウバがボソッと突っ込みを入れる。「えっ」とモカが顔を上げると、美来がチベットスナギツネのような冷めた目でモカを見つめていた。

「み、美来！　そんな目で僕を見るな！　ししし、仕方ないじゃないか！　美来だって毎日豆腐を食べていたら油っこいトンカツが食べたくなるだろう！」

「それはなるけど、その例え、最低」

「理不尽だな君は！　大体僕は、もう精力を吸い取る力はない。今は変化するしか能のない猫なんだ」

ニャアニャアと必死に訴えるモカに、美来はジト目のままだ。

「でも、完全に力が戻ったら精力を吸い取る力も取り戻せるんでしょ。そうしたらまた、女の人をとっかえひっかえするの？」

「そっ、それは！　……しない」

しばし悩むように顔を背けたあと、呟く。

美来は疑わしいとばかりの平たい目をした。

「なんだその『本当かな～？』と言っていそうな顔は！　今は昔と違って、おいしいものがいっぱいあるから大丈夫だ。猫缶がある限り、僕は精力を摂取しない！」

どうやら、モカにとって精力は特別摂取しなければならないものではないらしい。

それにしても、可愛い顔をしてそんなにあくどいことをしていたとは。さすが『化け猫』だ。

ジリンは慌てふためくモカを横目に涼しい顔をして前足を舐めていた。モカはジリンを睨みつけ、口を尖らせる。

「あたしには関係ないって顔をしているが、ジリンだって僕と似たようなことをしていただろう。花魁をしていた頃、魅了の術で男をたらし込み、貢がせていたことは知ってるんだぞ」

「ぎくっ」

わざとらしく、ジリンがピクリと耳を震わせた。しかし、ツンとすまして開き直る。

「別にいいじゃない。だってあたしは、お金持ちから貰ってたんだもん」

「魅了の術で花魁まで上り詰めて贅沢三昧。結果、君を巡ってサムライどもが斬り合い、花街を大混乱の渦に陥れたと聞いているぞ」

モカの言葉に、ジリンが苦い顔をする。そこまで人の世に迷惑をかけていたなら、ジリンも間違いなく悪行を犯した化け猫だ。

美来は呆れ果ててため息をつく。

「まったく、ジリンもモカも、話を聞いてみれば、ウバに退治されて当然の化け猫だったんじゃない」

「反省してますぅ」

「全然反省してる口調じゃないっ！」

完全に口先だけのジリンに突っ込みを入れた美来は、ふと気づく。そういえばジリンやモカと同じく力を少し取り戻せたはずなのに、キリマはずっと黙ったままだ。

美来が顔を向けると、キリマは離れた場所で大人しく座っていた。

「キリマ？」

「ん、なんだ？」

「いや、その。キリマも力が戻ったんじゃないの？」

美来がキリマを抱き上げる。キリマはされるがままで「そうだな」と相づちを打った。

「俺は元々、変化の術は持っていないし、持っていた力も目に見えるものじゃないんだ」

ぷるっと軽く顔を振ってから、キリマは神妙な表情をする。

「俺は猫鬼。人間の死病を取り込み、それを振りまく鬼だ。……持っている力は、それだけなんだよ」

落ち込んだように俯く。そうしてキリマは、美来の腕の中でごろごろと小さく喉を鳴らした。

「ごめん。俺だけ、地味というか辛気くさくて。はっきり言って、全く役に立たない力なんだ。それでも自分が持っていた力だし、少しでも取り戻せたのは嬉しいんだけどさ」

照れたように前足で顔を洗うキリマ。彼が大人しかったのは、自分だけ皆に披露できるような技を持っていなかったのが理由だったのだ。

彼の力は人を呪うもの。

だから、見せることはできない。その力は人間を恐怖に陥れる鬼の力だから。

美来はぎゅっとキリマを抱きしめる。

「キリマ。君がどんな力を持っていたとしても、私はキリマが大好きだよ」

「美来……」

「呪いの力でも構わない。だってキリマは、もう人間を苦しめないって決めてくれたもの。自分の力が取り戻せてよかったね、キリマ」

優しく頬ずりをすると、キリマがくすぐったそうにひげを震わせた。

「そうだな。うん、よかった……。ありがとう、美来」

「どういたしまして」

美来はベッドに座ってキリマを膝に乗せる。そして頭を撫でた。

どこまでも仲睦(なかむつ)まじい美来とキリマの姿に、ジリンとモカが「はいはい」と呆れた顔をする一方、ウバは金色の瞳で静かに美来たちを見つめる。

「おぬしたちは本当に、固い絆で結ばれておるのじゃな。わらわは、ほんの少しだが……」

羨(うらや)ましい、と、ぼそりと呟いた。

第五章　歩く死体と、緋目（あかめ）の猫鬼

九月も後半に入ると、ようやく暑さは終わりを告げた。代わりにやってきたのは、秋の肌寒さを運ぶ長雨である。

『ねこのふカフェ』は連日の雨により、ここ数日は閑古鳥（かんこどり）が鳴いていた。

「やあね～洗濯物が全然干せないわ～」

花代子がのんびりした口調で愚痴（ぐち）をこぼし、猫カフェでくつろぐ猫たちは、退屈そうにあくびをする。

美来は暇が極まり、コーヒーカップとソーサーをひたすら磨いていた。その表情は無の境地。つまりなにも考えていない。

どのくらいの時間が経っただろう。ふと我に返った美来は、カウンターでコーヒー器具のメンテナンスをしているはずの源郎がいないことに気がついた。

「あれ、お父さんどこに行ったんだろ？」

きょろきょろと辺りを見回すが、手持ち無沙汰にお盆をクルクル回している花代子と猫しかいない。仕事熱心な父が店から消えるなんて珍しいと思っていると、ふいに裏口のドアがガチャリと開いた。

「おーい、ちょっと手伝ってくれ」

「え、お父さん？」

源郎は大きな荷物を両手で抱えている。美来と花代子が慌てて手伝いに行き、エイサホイサと声を掛け合って運び込む。

それは、天井まで届かんばかりの長い段ボールの筒だった。

「これはなに？」

「ふふふ、少し前にネットで注文してな。さっき届いたんだ」

段ボールの包装を剥がしながら、源郎が上機嫌で答える。店内に置くもので、長細いもの……美来は一通り想像して「間接照明でも買ったのかな？」と考えた。

しかしその予想は大きく外れる。段ボールから出てきたのは、枝分かれしたポールだ。枝の先には平べったい板がついていて、一番上には可愛らしいカゴがある。

「これはキャットタワーだ！」

「お、おお～？」

源郎の勢いに圧されて美来と花代子が拍手をする。彼は満足そうに頷き、店内でくつろぐ猫たちを見回した。

「雨が続いて客も来ないし、お前たちも運動不足だろう。だから俺が買ってやったのだ。さあ、思う存分遊ぶがいい！」

自信満々の笑顔で源郎が腕を組む。しかし猫たちは全く動かなかった。

キリマは体を舐めて毛繕いをしているし、ウバは台座の上で惰眠を貪っている。ジリンはチラリと源郎を見てからそっぽを向いて寝そべり、モカはあくびをした後、カウンターの椅子に移動して丸くなった。

全員、興味なし。

「おおいっ」

源郎が声を上げる。

「なぜだ！　どうしてだ!?　ネットに書いてあったぞ。猫まっしぐらのナンバーワン・キャットタワーだと。ほら、カゴもあるぞ。ここなんかモフモフしてるんだぞ！」

ぱしぱしと源郎がキャットタワーの皿を叩くが、猫たちはつれない。

美来は、本物の猫なら喜んだかもしれないなあと思った。だが、彼らは化け猫の類なのだ。遊べと言われたところで、わざわざ源郎に気を遣って遊ぶ気にはならないのだろう。

(そういえば、猫じゃらしは楽しそうに遊んでたけど)

キリマはもちろん、ウバも猫じゃらしは好きだ。もしかすると、彼らは動くものや音の鳴るオモチャが好きなのかもしれない。

その時、カウンターのほうから『カサカサ、ピリッ』と音がした。

瞬間、猫たちは同時に耳を跳ねさせ、音のほうに顔を向ける。

「猫ちゃん、オヤツの時間ですよ〜」

花代子がササミのオヤツを手に、両膝をついて座っていた。猫たちは一斉にそちらへ走り寄ると、花代子の手ずからオヤツを食べる。

はむはむ。むしゃむしゃ。

「な〜ん」

「あらあら、ジリンちゃんたら甘えん坊ね。もうひとつ欲しいの?」

「にゃあ〜ん」

「ニャーニャー！」

「ふふっ、モカくんも欲しいのね。はい、順番ね」

とてもゲンキンな猫たちに、がっくりと源郎がうなだれる。

「くっ、所詮は猫か。これが犬だったら絶対に喜ぶはずなのに！」

せっかく新しい高価なオモチャを買ったのに、一袋百円ほどのオヤツに負けたのが悔しくて堪らないらしい。美来は落ち込む父の傍に近づき、ポンポンと背中を叩いた。

「元気出してお父さん。猫は気まぐれだから、そのうち遊んでくれるかもしれないよ」

「うう、猫じゃらしを振っても全然遊んでくれないし、ボールを転がしても追いかけてくれないし」

地面を見ながら源郎が拗ね出す。

「えっ、お父さん……猫じゃらしでもだめだったの？」

「…………」

何気ない言葉がトドメを刺したらしい。源郎はうなだれたままキッチンに引っ込んでしまう。美来は慌てて追いかけた。

「わ、私からも言っておくから！　もっとお父さんに優しくして～ってお願いしておくよ！」

「猫に言って聞いてくれるわけないだろうが」

「うっ、そ、それはそうなんだけど……」

なにを隠そう、この猫カフェにいる猫たちは人の言葉を理解するのだ。しかしそれを言うわけにもいかなくて、美来は言葉に詰まる。

それにしても、父は猫に無関心だと思っていたのに、知らないところでちゃんと構おうとしてくれていたなんて。

内心驚いたものの、いつもムスッとした表情をしている父が、猫たちとコミュニケーションを取ろうとしていたことが嬉しかった。それもあって、ほのぼのした笑みを浮かべる。

「大丈夫よお父さん。うちの猫ちゃんたちはね、ちょっとあまのじゃくなのよ」

オヤツをあげ終えた花代子が、トントンと源郎の背中を叩く。

「あまのじゃく？」

「ええ、猫ちゃんたちは、お父さんを嫌ってるわけじゃないの。ただ、お父さんの反応が面白くて、わざと冷たくしてからかっているのかもね？」

「そう聞くと、うちの猫どもはえらい性悪なんだが」

ムスッとした源郎に、花代子は明るく笑う。

「それは猫ちゃんたちの個性としか言えないわね〜。でも、猫ちゃんは、お父さんに親しみを持っていると思うわ。だってほら……見てみて?」

花代子がシーッと唇の前に人差し指を押しつけ、店内に設置したキャットタワーを指さす。すると、ウバがぺしぺしと尻尾でキャットタワーを叩き、キリマがジーッと皿の部分を眺めていた。

「あ……」

「ほらね。お父さんが見ていないところで、キャットタワーに興味を持っているのよ。本当は気になって仕方ないのね」

「な、なんて……なんて偏屈な猫なんだ……っ」

ガクッと源郎が肩を落とした。

「あはは……ごめんね、お父さん」

美来が乾いた笑いを上げて、父の背中をさすった。

彼らは普通の猫ではないゆえに、あまのじゃくでイジワルなところがあるのだろう。

だけど、めげずに構ってあげてほしい。

(お父さんに優しくしてって、あの子たちにちゃんと言っておかなきゃ)

美来がそう心の中で考えた時——

チリンチリン。

カフェの玄関ドアが開き、可愛らしい鐘の音と激しい雨音が聞こえた。美来は慌てて振り返り「いらっしゃいませ!」と挨拶(あいさつ)する。

しかし、客の姿を見て、思わず固まってしまう。

ふらりと店内を歩く女性は母親の花代子と同年代に見える。顔色は蒼白(そうはく)で、足下はおぼつかなく、フラフラしていた。酒に酔ったように頭が前後に揺れていて、焦点の合っていない目でぼんやりと店内を見回している。

「おひとり様ですか~? カウンター席、テーブル席、お好きなところへお座りください」

花代子が応対すると、女はゆらりと動き、音もなくテーブル席に座った。

そして、無言でメニューを指さす。

水の入ったグラスをテーブルに置いた花代子は、女が指さした方向に目を向けた。

「ええと、紅茶でよろしいですか？」

花代子が聞くと、女はゆっくりと頷く。俯き加減で、目だけがぎょろぎょろと動き、猫を見ている。

なんだろう……。失礼だとわかってはいるけれど、奇妙な客だ。熱心に猫を見ているが、気になる猫でもいるのだろうか。

美来が猫たちに顔を向けたところ、キャットタワーのすぐ傍に、驚愕の表情を浮かべるウバがいた。

「お、おぬしは……」

「ウバ？」

美来が声をかけると、ウバはハッとした顔をして、台座にある座布団に飛び乗る。そしてせわしなく首を振り、客から目をそらした。まるで見たくないものを見てしまったと言わんばかりだ。

まさか顔見知りだろうか？　美来が落ち着きのないウバを見ていると、またもカフェの玄関が開き、鐘の音が響く。

「ひゃー、今日はすごい雨ねえ」

雨音と共に店へ入ってきたのは桜坂だった。美来が以前働いていた猫カフェの経営者である。

「桜坂さん！　お久しぶりです」

「こんにちは。定休日だから遊びにきちゃった。こんな雨じゃ、お外でウィンドーショッピングってわけにはいかないものね」

可愛いパステルカラーの傘を傘立てに差して、桜坂はカウンター席に座る。それから紅茶を淹れていた源郎を見上げ、にっこりと微笑んだ。

「マスター、ウィンナコーヒーと、スモークサーモンのカスクルートをいただけるかしら」

「かしこまりました」

源郎がキリリと表情を引き締める。桜坂はコーヒーにこだわりがあることで、密かに名が知られているのだ。源郎は丁寧に紅茶を淹れ終えた後、手早くカスクルートを作り、カウンターに差し出す。

花代子が紅茶を女性客に出し、桜坂は上品にカスクルートを食べ始めた。源郎は次にウィンナコーヒーを作るためにドリップ器具をセットする。

「あら、ドリッパーが前と違うわね」

めざとく桜坂が反応し、源郎は少し照れた表情を見せた。

「ええ。ネルドリップにこだわっていたのですが、最近は色々なドリッパーを試しているんです。こちらはセラミックフィルターですね」

「磁器製のフィルターは、布よりも細かい孔で湯を通すから、雑味の少ないまろやかな味になるのよね。ちょっとお手入れが面倒だけど、私も好きよ～」

「はい、それにうちは、ホイップクリームにもこだわっています。どうぞ。当店のウインナコーヒーです」

ことりとカウンターに置かれたのは、漆黒のコーヒーにぽってりとホイップクリームが浮かぶウィンナコーヒー。シンプルかつ、可愛らしい見た目をしている。

「お好みでチョコレートソースも追加できますが、いかがいたしますか？」

「それは今度いただくわ。それじゃ、いただきます」

桜坂が上品な仕草でコーヒーを口にする。そして満足そうに頷いた。

「おいしい！　ホイップクリームも爽やかな甘さで、コーヒーによく合うわ～」

「ありがとうございます」

ダンディズム溢れる笑顔を見せる源郎。彼は客からこんな風に喜ばれることを一番の幸せとしているのだ。店が猫カフェになったとしても、彼と客との対話は変わらない。

美来が源郎と桜坂のやりとりを見ていると、傍でふっと空気が動いた気がした。思わず振り向いたが、テーブル席には誰もいない。ただ、空になった紅茶カップの近くに、代金が無造作に置かれている。

「……え」

いつの間に出ていったのだろう。ウバはよそを向いて丸くなっていて、キリマは美来の足下でくつろいでいた。モカは少し離れたところで、花瓶の花にちょっかいをかけている。そしてジリンは——

「ジリン？」

店内を見回す。しかし、あのツンとすまし顔をしているアメリカンショートヘアの姿が見当たらない。

「あれ、ジリン、どこに行ったの？」

店中を歩いて回るが、やはりジリンはいない。いつの間にか隣の実家へ戻ったのだろうか。美来が裏口のドアを開こうとしたところで、源郎が「どうした？」と声をかけてきた。

「お父さん、ジリンがここから出ていかなかった？」

「いや、裏口のドアは開かなかったぞ」

源郎が不思議そうに首を傾げる。すると、カスクルートを食べていた桜坂が、慌てた様子で椅子から立ち上がった。

「ちょっと美来ちゃん！　あなたもしかしたら、やられたかもしれないわよ！」

「や、やられたって、どういうことですか？」

いつになく切迫した表情の桜坂は、いかつい顔をしているだけあって迫力がある。

美来がたじたじになっていると、桜坂は苦々しく眉間に皺（しわ）を寄せ、再びカウンター席に座った。

「前に、話しておこうか迷っていたことなんだけど……」

そう前置きして、桜坂はちらりと美来を見る。

「少し前から、この辺りで飼い猫の盗難が続いているのよ」

「か、飼い猫の盗難……ですか？」

ぎょっとする。そういえば美来が桜坂の店でのアルバイトを辞めた日、彼が言いかけたことがあった。それがこの件なのだろうか。

「半年前、野良猫が減ったという話を保健所から聞いたのが始まりなの。捨て猫が減るのはいいことだと思っていたから、最初は気にしていなかったわ。……でも、それから少しずつ増えたのよ。迷い猫のチラシや、飼い猫の捜索願がね。結局、まだ一匹も見つかっていないわ」

桜坂の言葉に体がぞくりと震えた。美来の飼い猫は完全に内猫だ。外に出さないから、そんな話は聞いたことがなかった。

「この辺りの猫を飼っている家は警戒し始めて、猫を外に出さなくなったわ。そうするとね、次は、猫カフェの猫が盗まれるようになったのよ」

「そんな。ジリンは……！」

心当たりはあの奇妙な女性客だけ。長い髪を垂らして俯(うつむ)いていたから、顔はよく見えなかった。

「狙われたのは、猫がたくさんいる大きな猫カフェだったから、美来ちゃんのところは大丈夫だと思っていたのよ。さっきは妙な客が来てると気づいてはいたけれど、まさか、あんなに大人しそうな女性が犯人だったなんて……」

桜坂は悔しそうにカウンターの上で両手を組む。源郎と花代子が深刻な表情を浮かべて顔を見合わせた。そして美来は、考える間もなく雨の降る外へと駆け出す。

「ジリン！」

まだ連れ去られて時間は経っていないはずだ。ねこのふカフェは、道路に面した歩道沿いにあるので、道は左か右かに分かれる。

「駅側か、反対側か、二手に分かれて探せば……」

「美来！」

喫茶店から出てきたのはキリマだ。ひょいと美来の腕の中に飛び込んで、その前足でたしたしと胸元を叩く。

「落ち着け。ジリンは大丈夫だ」

「大丈夫なわけないよ！　今までに連れ去られた猫は見つかっていないって、桜坂さんが言っていたじゃない！」

「ああ、それでもジリンは自力で帰ってくるはずだ。だってあいつは普通の猫じゃない。そうだろ？」

ジリンは、猫又という化け猫だ。

キリマは青い宝石のような瞳でまっすぐに美来を見つめる。

激しい雨は、いつの間にか柔らかい小雨へと変わっていた。しとしとと体を打つ水滴で少し頭が冷えた美来の足に、モカが擦り寄ってくる。

「美来、万が一ジリンが帰ってこなくても、問題はないぞ。ウバは化け猫の居場所が探知できる。あれでも神様だからな。悪者を見つける技に長けているんだ」

「そう、俺たちは悪い化け猫。神様に退治される存在だからな」

美来を元気づけようとしているのか、キリマがおどけた声を出して、彼女の首にすりすりと顔を擦り付ける。

「キリマ、モカ……」

ぎゅっとキリマとモカを抱きしめて、美来は苦悶の表情で目を閉じた。

元気づけようとしてくれているのはわかっている。それでも、心配だった。

ウバが化け猫の場所を察知できるのなら、今すぐにでも探しにいきたい。

すると、チリンチリンとドアベルの音を鳴らして、のっそりとウバが外に出てきた。

「美来よ、安心するがよい。ジリンは今に戻ってくる。あやつの気配がこちらに向かってきておるからな」

「本当!?　よかった……」

美来はようやく、ホッと肩の力を抜いた。その時、ファンファンとサイレンを鳴らしてパトカーが通り過ぎていく。美来が去りゆくパトカーを見ていると、傍で「美来」と聞き慣れた声がした。間違いなくジリンの声だ。

「ジリン！」

美来がパッと勢いよく振り向く。

「ぎゃわ!?」

直後、思わず驚きの声を上げてしまった。なぜなら、そこにいたのは裸体を晒した女性――ジリンが人間に変化した姿だったからである。

「じっ、じっ、ジリン！　あなた、なんという格好を！」

「そんなに驚くことないじゃない。それより、警察が追いかけてきているの。こんなんじゃ落ち着いて猫に戻れないから、ちょっとかくまって！」

「えっ、そんなこといきなり言われても!?」

美来が慌てたところで、源郎が店の外に出てきた。

「美来！　保健所に連絡したんだが……って、うわあ!?」

源郎が裸体の美女を見て大声を上げる。

「……許せ源郎。ウバくらっしゅ！」

「ぎゃあー!?」

唐突に源郎の顔へ飛びかかったウバは、そのまま彼の頭にしがみついた。巨体の猫を首で支えきれず、源郎はふらふらとたたらを踏み、ゴシャッと派手な音を立てて玄関扉にぶつかる。

今のうちだ！

美来はジリンの手を引っ張り、植え込みの裏に彼女を隠した。ちょうどその時、駅の方面から紺色(こんいろ)の雨合羽(あまがっぱ)をかぶった警官が自転車を漕(こ)いでくる。

「すみません！」

「は、はい」

「ここで全裸の女性を見ませんでしたか!?　駅前に変質者……っ、露出女性が現れたんです！」

キキッと自転車のブレーキ音を鳴らして、息を切らせながら警官が尋ねてきた。ぜいぜいと肩を上下させて息をしている様子からして、全速力で自転車を走らせたのだろう。

「い、いえ、そんな女性は、まったく」

「見たぞ！　裸の女だった！　俺の目の前にいたんだが、ウバが。このっ、ウバ離れろ！」

玄関扉に後頭部をぶつけた源郎が、ウバを顔に貼り付けたまま起き上がり、必死になって引き剥がそうとしている。

警官は唖然と源郎を見た後、美来に顔を向けた。

「その植え込みの後ろに、なにやら人影が見えるのですが。誰かいるのですか？」

ギクッと美来の体が震える。やはり大人の女性を植え込みひとつで隠すのは無理があったか。

「え、ええと～あの～」

あわあわと言い訳を考えている間に、警官が自転車をキックスタンドで停めて、近づいてきた。

どうしよう、どうしよう。

美来が冷や汗をかいていると、足下で「にゃ～ん」と甘えた鳴き声が聞こえた。

ふっと辺りが明るくなる。

秋の通り雨が過ぎて、雲の隙間から明るい太陽の光が差し込んだ。

美来の足に体を擦りつけていたのは、アメリカンショートヘアの姿に戻ったジリンだ。パタパタッと軽く体を振って、毛についた雨水をはじき飛ばす。

「なんだ、猫ですか。ここは猫カフェだったのですね」

植え込みの裏に誰もいないことを確認した警官は、雨合羽（あまがっぱ）のフードを脱いでホッとしたように微笑む。

「はっ、はい、そうです」

「私も猫が好きなんです。可愛いですよね」

にゃん、と可愛らしく鳴くジリンの頭を、警官が優しく撫でた。そして「では失礼します」と言って、彼は自転車を漕（こ）いで去っていく。

「はぁ……」

美来はその場にしゃがみ込む。そして、源郎の顔にしがみついていたウバがパッと離れ、地面に下り立った。

「まったく、なんだったんだ。……って、おお、ジリン！　戻ってきたんだな！」

美来の傍にいるジリンを見つけ、源郎の顔がぱあっと明るくなった。その場にしゃがんで両手を広げる源郎の胸にジリンが飛び込むと、「ヨシヨシ」と言って頭を撫でる。

「本当によかった。心配したぞ～！　ちゃんとうちまで帰ってくるなんて、かしこい猫だな！」

ジリンは普通の猫ではないので当然なのだが、単なる猫だと思っている源郎にとってはすごいことなのだろう。何度もジリンを撫でて、ゆっくりと地面に下ろす。

「やっぱりジリンは、連れ去られていたのか？」

「うん。駅のほうから走ってきたし、間違いないと思う」

ただし人間の姿で、しかも裸で走ってきたのだが、それは黙っておくべきことだ。

「そうか。間違いなくあの女性客が犯人だったんだな。警察に届けるべきだろうか……」

「そうだね、桜坂さんの話によると、今も飼い猫を探している人がいるみたいだし、警察に一言入れておいたほうがいいかも。私、交番に行ってくるよ」

「俺はもう一度保健所に電話をしてくるよ」

源郎はカフェに入っていく。美来はふぅと息をつき、立ち上がってパンパンとエプロンをはたいた。

「……ジリン。あなたが連れ去られた状況を教えてくれる？」

美来が声をひそめて聞くと、ウバとキリマ、モカが揃ってジリンに注目した。

ジリンはひげを垂れさせて俯き、「そうね」と口を開く。

「あたしはあの時、紅茶を飲んでいた女の足元に座っていたの。するとね、いきなり首根っこを掴まれて、暗いところに押し込まれた。後で気づいたけど、あの女はオータムコートの裏に大きなポケットを作っていたのよ」

「なかなか大胆不敵だな。俺たちの目の前で盗んだってことか」

キリマが目を丸くし、モカも「全く気づかなかった……」と呟いた。店全体を見ていたはずの美来ですら気づかなかったのだ。おそらく相当手慣れているのだろう。

「そのポケットにはジッパーがついていて、それを閉じられて出られなかった。すぐに人間に化けてもよかったんだけど、狭いところで人間に変化するのが怖くてね。しばらく大人しくしていたの」

ぽつぽつ話していたジリンは、ふいにピクッと耳を跳ねさせ、歩道に顔を向けた。

雨が上がったことで、歩道を歩く人が増えている。美来は通行人の邪魔にならないように街路樹の傍に移動した。しゃがみ込むと、周りに猫が集まる。

「しばらくして、あたしは狭いアパートに放り出された。あたしを盗んだ女は隅っこに座ってぼんやりしていたわ。そして、女の近くに猫がいたの」

「……猫。別のところで盗まれた猫かな」

モカが呟くと、ジリンは首を横に振る。違うらしい。

「妙に存在感のある猫で、あたしと同類の匂いがした。あいつがあたしに近づいてきた瞬間に、『危ない』って思って逃げたわ。でも、玄関が施錠されていたから人間に変化したの」

「そっか、アパートの鍵なら、人間に変化しさえすれば開けられるからね」

美来はようやく納得する。

そしてジリンは、人間の裸体を晒したまま外に出て、通行人に見つかり悲鳴を上げられたのだ。

ジリンは「ハァ」と疲れたようにため息をつく。

「あたしの美しくも完璧な裸体を見て卒倒するなんて失礼しちゃうわ。普通は喜ぶところじゃない？」

「い、いやー。道ばたに全裸の女の人がいたら、私でも叫ぶよ」

「なによう。花魁時代は、男という男があたしの体に夢中だったというのに。あいつら問答無用で警察に通報したのよっ。あたしに力があったら、魅了の術でめろめろの操り人形にしてやるのにー！」

ニャーニャーと怒り出すジリン。美来は心から、「そこまでの力を返されてなくてよかった」と思った。

「……時に、ジリンよ。そなたをさらった人間の女。特徴はしかと見たのか？」

ずっと黙っていたウバがのっそりと尻尾を丸め、尋ねる。ジリンは「そうねえ」と、晴れ上がった空を見つめた。爽やかな風で、白糸のようなひげがゆらゆらと揺れる。

「特徴がないのが特徴って感じね。痩せていて、細い目が虚ろだった。亡霊に見えてゾッとしたわ。手足がやけに青白かったし、唇も青紫だった」

「うむ、わらわの記憶と一致するな。あの女は、この辺りに住む者だったのか……」

渋面を浮かべて俯くウバ。そういえば、あの女性客がカフェに入ってきた時、ウバは彼女を見て驚いていたのだ。

「ウバは、あの女性を知っていたの？」

美来が尋ねると、ウバは少しの間黙っていたが、やがて「うむ」と頷く。

「前に言ったな、わらわは山で、最後の鬼退治をしたと」

確かにそんな話をしていた。

山で人に取り憑く猫鬼に出会ったウバは、人間から猫鬼を剥がした。そして力を使い果たし、気を失ってしまったのだ。

「あれは、わらわが山で見た女だ。先ほどは猫鬼に憑かれてはいなかったが、明らかに様子がおかしかった。不吉なものを見たと思って目をそらしていたが、猫をさらっていたとはな」

「もしかしたら、あの女がウバの棲む山に入ったのも、野良猫を探していたのかもしれないぞ」

キリマが尻尾を揺らし、神妙な口調で言う。モカが考え込むように前足で顎に触れた。

「数ヶ月前から起きている猫の失踪事件。……そもそも、どうして猫をさらうんだ？」

「アパートには、あの女と不気味な猫しかいなかったわ。他に猫はいなかった」

ジリンの呟きに、答えられる者はいない。時折、道路を車が通り過ぎる。

キリマがなにか決意したのか、キッと顔を上げた。

「よし、そのアパートに行ってみよう。どうせ交番にも行くんだろ」

その一言に、猫たちが一斉に頷く。唯一、美来が「えっ」と声を上げた。

「み、みんなで行くの？」

「当たり前だろ。化け猫が絡んでいたら、人間には対処のしようがない」

「それは、そうだけど」

美来は微妙に困った顔をして立ち上がった。美来の前をジリンがタタッと先行し、モカがその後をおいかける。ウバはのっそりと歩き始め、キリマは美来を守るように彼女の隣を歩いた。

人間ひとりに猫四匹。これって、すごく目立っているよね……

だが、ひとりで行くわけにもいかない。美来はジリンの道案内に従って、駅に向かって歩いた。

ねこのふカフェから十五分。この辺りで一番大きな駅が見えてきたところで、ジリンは車一台がやっと通れるような細い路地に飛び込んだ。やがて、古びた二階建てのアパートが目に入る。剥き出しになった鉄骨の階段は錆が目立ち、アパートのドアはベニヤ製だと一目でわかる粗末さだった。廊下には洗濯機がぽつぽつ置かれていて、今にも朽ち果てそうな板きれに『とうの荘』と手書きで書かれている。

「これはまた、時代錯誤な造りだなあ」

モカが感心した声を上げてアパートを見上げた。ジリンも「でしょ～」と頷き、アパートに近づく。

「昔はこんな感じのアパートをよく見たけれど、今じゃ珍しいわ。あたしがさらわれたのは、この部屋よ」

ジリンは一階の右端にあるドアに歩み寄り、前足でドアを叩く。

ごくりと、美来は生唾を呑んだ。

「じゃ、入ってみようか？　ここまで来たら、帰るってわけにはいかないよね」

「そうじゃな。せめて、ジリンの見た不可思議な猫くらいは確かめておきたい」

美来の横を通り過ぎたウバが、ドアをカリカリと引っ掻いた。

そしてキリマは美来の足に体を擦りつけると、正面から美来を見上げる。

「君は俺が守る。なにがあっても」

「キリマ……うん」

まっすぐなアイスブルーの瞳に頷き、美来は勇気を出してアパートの呼び鈴を鳴らした。しかし、リアクションは全くない。

「留守、かな」

「居留守の可能性があるぞ。人間の女は様子がおかしかったんだろ」

モカの言葉はもっともだ。美来は次にドアノブを回してみる。

カチャリ。

鍵はかかっていなかった。美来がドアノブを引くと、ギィィと錆びた留め金の音を鳴らして、ベニヤ製の扉がゆっくりと開く。

美来はそうっと顔をのぞかせ、中を窺った。ドアの先は台所になっていたが、ガランとしていて生活感がなく、冷蔵庫などの家電品も見当たらない。

ツンと鼻につく、いやな臭いがした。

「なんだろう。生ゴミに芳香剤を振りまいて無理矢理悪臭を消そうとしているみたいな、変な臭いがする」

「うむ、これは腐臭と、沈香の匂いであるな」

美来の脇からノソッと出てきたウバは、そのまま玄関に入る。

「沈香って、いわゆるお線香の香りだよね」

仏壇のある家で嗅ぐことの多い匂いだ。寺の墓参りでもなじみがある。

モカとジリンもウバに続き、足音を立てることなく台所を歩き回った。

「見事なほど、なにもないわね。包丁くらいはあるかと思ったけど」

「ほ、包丁？」

なかなかアパートに入る勇気の出ない美来が、ドアにしがみつきながらおずおずと聞くと、モカがトッとステンレスシンクの上に乗る。

「大量の猫失踪事件。犯人と思われる人間のアパートでは腐臭が漂っている。となれば、最初に刃物を探すのは当然だろう」

「…………」

事もなげにサラッと告げられたモカの言葉に、美来は気分が悪くなった。口元を押さえて「うぅ」とうめく。そんな残虐な行為がこのアパートで行われたなんて、想像もしたくない。

「でっ、でも、包丁、ないんだよね」

「食器もお鍋も、冷蔵庫すらないんだもの。この分じゃ、なにもないわね」

辺りをきょろきょろと見回したジリンは、改めて奥を見た。台所の先は両開きタイプの引き戸になっていて、その先はよく見えない。

「美来、開けてみよう」

彼女の足下にいたキリマが促(うなが)す。

美来は渋面を浮かべつつも頷いた。台所になにもない以上、先の部屋も確認しなければならない。

「わかった。行くよ」

薄気味悪くて、背中がゾクゾクする。本当は怖くてたまらない。だけど、猫だけで行かせるのは嫌だった。美来はこの猫たちの飼い主だ。飼い主は、飼い猫を守らないといけない。

なにかあったら、四匹を抱えて全速力で逃げよう。

人間よりも猫のほうが足が速いのに、恐怖で頭が混乱している美来はそんな見当違いな決心をしながら、玄関に踏み込んだ。

靴を脱ぎ、そっと忍び歩きで歩く。そして引き戸に手をかけた。

開けるよと目で合図すれば、四匹はいっせいに頷く。

美来はグッと気合を入れた後、「えいっ」と声を上げて引き戸を開いた。

ガラッ。

木製の引き戸は難なく開く。奥は六畳間になっていて、カーテンのない腰高の壁から初秋の西日が鈍く差し込んでいた。

美来の目に飛び込んできたのは、逆光で顔が闇色に染まった女性。窓を背に、畳間の真ん中でぼんやりと座っている。間違いなく、ねこのふカフェに来た女だった。

腐臭がぐんと強まり、美来は鼻を手の甲で隠す。

「気分が悪くなる……。カフェでは、こんな臭いしなかったよ」

「ふむ。どれ、ちいと見てみようか」

てくてくとウバが歩き、女性の周りをうろつく。そして二本足で立って女の背中に前足を当てると、ムム、としかめ面をした。

「これは、どういうことだ」

「ウバ、どうしたの？」

「この人間、中身が空っぽじゃ。ゆえに、体が壊死し始めておる」

美来はぎょっとして「えっ」と声を上げた。

「か、空っぽってどういうこと？　壊死って、その人、死んでるの？」

ぶるぶると震えながら聞くと、ウバは否定するように首を横に振る。

「まだ死んではおらぬ。だが、このままでは、やがて肉体に死が訪れるだろう。空っぽというのは、魂がないということだ。人間に限らず生き物とは、魂という核に肉体を繋げて生命を維持しておる。動物も草花も、星にすら、魂は存在している」

ウバが厳かに言う。

美来は言葉上の意味で『魂』を知っているが、自分自身に魂が存在するなんて、自覚もしていなければ想像もできない。

「通常は、肉体が死を迎えると魂との繋がりが切れる。そして生き物は完全に死ぬのだ。肉体が脆いことは美来のほうがよくわかっているであろう？　病気や怪我、寿命……生き物の肉体は容易く壊れるように設計されている」

言われてみれば、生き物には必ず命の期限——寿命がある。そして寿命を全うする前に散ってしまう命があることもまた、美来は理解している。

ウバは「だが」と言って、微動だにしない女を見上げた。

「この女は逆なのだ。肉体を繋ぐべき魂がすでにない。核を失っている肉体は腐り続け、崩壊するだろう」

「そんな」

美来は臭気を我慢して部屋の中に入り、その場に座り込む女性を見下ろす。

女の頬はこけていたが、相貌は整っていた。肌は青白く、伸びっぱなしの髪が無造作に畳床へ流れている。まるで糸の切れた操り人形のように動かない体。しかし、息だけはしている気配がした。

このまま放っておけば、女性はいずれ腐って死ぬ。ならば、美来はどうすればいいのか。

「警察……いや、先に病院だね。とにかく連絡してみよう。死にかけてる人がいるんだから、きっと来てくれるよね」

美来はポケットからスマートフォンを取り出した。その時、ふっと空気が動き、死臭に交じった、透明度のある沈香（じんこう）の微香が強くなる。くらくらするほどの臭気の中であまりに綺麗な匂いだったから、思わず顔を上げた。

「危ない、美来！」

キリマが美来に飛びかかってくる。腹に体当たりされた美来はわずかによろけた。

同時に、ヒュッと鋭い風が横切る。

それは、腕だった。

女の細い腕と、凶悪に伸びた爪。

キリマが美来に体当たりをしなかったら、爪で顔を引き裂かれていたかもしれない。

美来が後ずさると、先ほどまで全く動かなかった女が、ゆっくりと立ち上がった。

「ウ、ウバ、この人、動いているよ」

「違う。この女に魂はない。精神が死んでおる以上、こやつは自力で動いていないのだ。誰かに操られておる！」

女はかくりと首を落としたまま、美来ににじり寄ってきた。そして勢いをつけるためか、大きく体を反らす。

それは人間の動きとは思えないほど不気味な姿だった。長い髪が払われて、女の顔が露わになる。

かくんと力なく横に傾いている顔。目の焦点は合っておらず、口は半開きだ。

「ひっ」

美来は震え上がり、腰を抜かしてしまった。畳に座り込む美来の顔に、逆光に照らされた女の真っ黒な影が伸びる。女は無言のまま、その腕を振り上げた。

美来が咄嗟（とっさ）に顔を隠した時、キリマの「やめろ！」という声が響く。ハッとして前を見ると、キリマが女に飛びかかっていた。

「キリマ！」

美来が叫んだと同時に、女の腕が無造作に振るわれた。キリマはその腕を腹に受け、床に叩きつけられる。

「にゃっ！」

悲鳴を上げたキリマの首根っこを、女がむんずと掴んだ。そして、壁に向かってぶん投げる。

美来は腰の抜けた体に活を入れ、跳ねるように走った。

「キリマ！」

ドカッと壁に叩きつけられたのは美来の背中だった。

鈍い痛みに顔をしかめる美来だが、腕はしっかりとキリマを抱き留めている。

「美来！」

「キリマ、体は痛くない？　無茶をしたらだめだよ」

「美来、そんな。俺は美来を守ろうとしたのに、どうして」

「私だってキリマを助けたいからだよ！　床に落とされていたけれど、大丈夫？」

痛みに耐えながら、ぎゅっと抱きしめる。

キリマは苦しそうな顔をして、アイスブルーの瞳に涙を浮かべた。

「大丈夫。俺は、普通の猫より……頑丈だから」

「そっか、よかった」

自分が傷つくより、キリマが傷つくほうが嫌だ。美来はキリマを守るように胸の中に閉じ込め、恐怖に震えつつも振り向く。

女は相変わらず首を横に傾けたまま、体を反らした状態で美来に近づいていた。

その時、ウバの鋭い声が部屋内に響く。

「そこだっ！　襖(ふすま)の奥におる。モカ！」

「承知！」

前かがみになり、威嚇(いかく)の体勢を取ってウバが指示をする。瞬間、モカの体がふわりと輝いた。モカを包む光は大きく膨れ上がり、彼が人間の姿に変化する。

ちなみに、やはり裸だ。

モカがガラリと襖を開けると、黒い塊がビュッと飛び出してきた。モカは人並み外れた瞬発力で、それをしっかりと掴み取る。

黒い塊は、よく見ると猫だった。キリマと同じくらい真っ黒の毛並みである。

どさり。

糸が切れたように、女が顔から床に倒れた。そして、ぴくりとも動かなくなる。

「これは……まさか」

「ああ、その黒猫が、この人間を操る猫鬼だ」

モカが掴んだ猫はしばらく暴れていたが、やがて動きを止め、その目をくわっと見開いた。

白目もなく、黒目もなく、真っ赤な瞳だけがある。

「邪魔ヲ……スルナ……」

地獄から湧き出る怨嗟を思わせるしゃがれた声。黒猫の周りに蒼い火の玉がぽつぽつと点り、黒い霧が立ちこめる。そして霧はとぐろを巻き、モカめがけて襲いかかった。

「モカ！」

ジリンが叫ぶ。モカは咄嗟に体を猫の姿に戻し、俊敏に飛び上がって避難した。そしてトッと床に下り立ち、警戒するように尻尾を立てる。

美来の腕の中で、キリマが毛を逆立てた。

「こいつ……猫鬼には違いないが、俺とは違う。どろどろした怨念に近いものを感じる」

キリマの言葉に、ウバが「うむ」と頷き、赤い目を輝かせた黒い猫を睨みつける。

「鬼の中でも、こやつは悪霊に近い存在よ。だから人間に憑依していたのだ」

その猫鬼はふわふわと宙を浮いた後、音もなく畳に下り立った。

「ソウカ、オマエ……アノ山ニイタ、猫神カ」

「ああ。わらわはおぬしを退治できたと思っていたが、今ひとつ力が足りなかったようだな」

猫たちは互いに爪を立て、睨み合う。一触即発という空気だ。

だが、美来にはどうしても気になることがあった。

震える足に気合を入れ、一歩踏み出す。

「猫鬼。ひとつ聞かせてほしい。そこにいる女の人はなんなの？　彼女はどうなっているの？」

美来の質問に、赤い目の猫鬼は黙ったままだ。

「美来、あいつとマトモな会話なんて、できるわけがない」

キリマが小声でたしなめる。それでも美来は猫鬼を睨み続ける。

すると、意外にも猫鬼はゆっくりと口を開いた。

「アノ女ハ、八百年前ノ死者ユエニ、クチハテル運命ダ」

とても信じ難い答えに、美来は「えっ」と声を上げる。

朽ち果てる？　八百年前の、死者だから。

「し、死者!?」

「そうか、あの亡霊じみた動きは死者に憑依していたからなのか。おぬしはなんという罪深いことをしたのだ」

ウバが低くしゃがれた声で呟く。

そう、猫鬼はウバに剥がされるまで、人間の女に憑依していた。いつから？　まさか、八百年前から？

美来は恐る恐る、後ろでうつ伏せに倒れている女を見た。

「ソノ女ハモウ、ツカエナクナル。猫神ガ余計ナマネヲシタカラダ。我ハ次ノ依代ヲ、見ツケナケレバナラナイ」

猫鬼の言葉に、モカが「そういうことか」と納得して、彼を睨んだ。

「猫の失踪事件。俺たち化け猫の魂は、猫と酷似している。お前は猫の魂を——食っていたんだな」

美来は目を見開いた。赤い目の猫鬼は、ニィと顔を歪める。

「猫ハ、我ガ魂ヲ固定サセルタメ取リ込ンダ。マサカ、同胞ヲ捕マエルトハ思ワナカッタガ」

猫鬼の視線がジリンに向けられた。ジリンは緊張したように毛を逆立て、耳をぺたんと伏せている。

「シカシ、ソレモ終ワリダ。ヨウヤク、次ノ依代ヲ見ツケタ」

ぎょろりと、猫鬼の目が動いた。彼がまっすぐに見つめるのは、美来。

「私……？」

戸惑う美来をよそに、猫鬼はしわがれた声で大きく叫んだ。

「ソノ体ヲ、貰ウゾ！」

猫鬼からぶわりと黒い霧が噴き出し、部屋一帯に青白い炎が点っていく。そして美来の後ろには――

「美来、危ないっ！」

キリマがすばやく飛び出した。

美来の背後から手を伸ばす女。キリマはその顔に張り付き、女は力尽くでキリマを引き剥がそうとする。

「キリマ！」

「ぬぬっ、まだ、わらわの力が足りぬ！　ここは撤退するぞ。走れ美来！」

ウバが鋭い声を上げた。その間にも黒い霧は美来へ襲いかかってくる。

はじかれたように美来は逃げた。キリマとジリン、モカも、美来と一緒にアパートの玄関へ向かう。

「逃ガサヌ！」

ゴウッと大きな風の音が聞こえた。玄関のドアはバタンと閉まり、美来がドアノブを回してもびくともしない。猫鬼の不思議な力で施錠されてしまったのだろう。

「美来、そこをどきなさーいっ！」

切羽詰まったジリンの声に、美来は脇へ退いて振り向く。すると、人間の姿に化けたジリンとモカが同時にドアに体当たりした。ベニヤ製の安いドアは軋(きし)みを上げ、二回目の体当たりで蝶番(ちょうつがい)が外れる。物理的にドアを破壊して、美来たちは転(ころ)がるみたいにアパートから飛び出た。

ジリンとモカはすぐさま猫の姿に戻り、美来の前を走っていく。二匹を追いかける美来の後に、キリマとウバが続く。

美来の息が切れ始めた頃、駅前のロータリーにたどり着いた。猫たちが足を止め、美来は恐る恐る後ろを振り返る。

側道からあの女性と猫が出てくることはない。ほう、と安堵の息をつき、人通りのない駅の駐輪場まで歩いた。

周りに人がいないことを確認したキリマは、辺りを警戒しながら「逃げ切れたか」と呟く。

「アイツ、私たちが住んでいる場所を知っているわ。美来を次の依代(よりしろ)に狙っているなら『ねこのふカフェ』に来るんじゃない？」

「いや、いずれ来る可能性はあるが、今すぐは無理だ」

焦るジリンに、ウバが冷静な口調で答えた。皆が不思議そうに首を傾げると、ウバは俯(うつむ)き、ぽつぽつと説明を始める。

「あの猫鬼の力は強い。だが、常時あの力が出せるのならば、わざわざ死体を操って猫を集めさせる必要はない。自分で探しにいけばいいのだ。そのほうが効率もよかろう」

「そうか。あの猫鬼はアパートから出ることができないから、仕方なく死体を操って猫を集めているんだな」

モカが尻尾をたたんで座り、前足で顎(あご)を叩く。

「今のあやつは、限りなく幽体に近い状態なのだ。死体が集めた猫を取り込むことによって、なんとかその形を維持している、非常に不安定な猫鬼と言えよう」

「そのまま成仏してくれたらいいのに。なにかこの世で果たしたい目的でもあるのかしら」

ジリンが疑問を投げかける。ウバは「わからぬ」と首を横に振った。

「ただ、山で出会った時も野良猫を探していたとするなら、あやつは依代に憑依(ひょうい)した状態でも定期的に猫を取り込む必要があったのだ。しかし、わらわとの戦いによって依代と猫鬼は引き離され、体を保つための猫が余計に必要になってしまった。予想としてはこんなところじゃろう」

「この街で猫の失踪事件が目立ち始めたのは半年前だ。ウバが人間から猫鬼を引き剥がした時期と一致する。……なるほどな」

納得した様子でキリマが頷いた。

桜坂の話によれば、街の野良猫が目立って減ってきたのが半年前。美来は生まれた時からこの街に住んでいるが、それ以前は迷い猫の知らせなど滅多に聞かなかった。

あの猫が取り込んでいるのだ。誰かが大切にしている猫たちを。

「許せないよ……。取り込まれた猫は助からないの？　なにか方法はないの？」

美来がウバに訴える。だが、ウバは困ったように金色の目を伏せた。

「悔しいが、今はない。わらわはがあのカフェで取り戻した力は一部に過ぎないのだ」

「僕たちの力も、まだまだ足りないもんな」

モカも落ち込んでいるのか小さな肩を落とす。

美来はぎゅっと拳を握った。悔しいし、なにもできないことが歯がゆい。きっとウバたちも同じ気持ちなのだろう。

その時、ジリンがキッと顔を上げると、ピンと耳を立てた。

「なにを落ち込んでるのよ！　それなら、これからどうにかすればいいじゃない！」

「どうにかって、どうやるんだよ」

キリマの力ない問いかけに、ジリンはむふんと笑う。そして駐輪場のフェンスの上にトッと飛び乗った。

「あたしたちができることはひとつだけ！　もっと『ねこのふカフェ』を繁盛させて、さっさと力を取り戻すのよっ！」

「おお～！」

美来は思わず拍手をしていた。ジリンはとても前向きな性格をしているようだ。

一方、冷めた顔をしているのはモカである。

「あの死体は長く保たないだろうし、死体が崩壊したら、ヤツは猫を集めることができなくなってしまう。放っておいても自滅するのではないかね？」

とても冷静な意見を放つ。

「意地になって、死に物狂いで襲いかかってくる可能性もあるでしょ！」

「そうだな。明日にでもやって来るかもしれない。だが、今日明日で僕たちの力が完全に戻るわけがないだろう。つまり、あがいたところで無駄じゃないか？」

「モカッ！　弱腰姿勢は禁止っ！」

ジリンがニャーッと怒り出して、尻尾を高く立てる。

「これ以上被害が広がる前に、一日でも早く、力を取り戻すしかないのよ。だってあたしたちは、人間にも猫にもない力を持つ化け猫なんだもの。強き者が弱き者を守るのは当然の話でしょ！」

ジリンが豪語して、全員が驚いた顔をする。とりわけモカが、彼女の言葉にひるんだ様子を見せた。

「ジリンからそんな台詞（せりふ）を聞くとは思わなかったな。まるでかつての『神使（しんし）』のようじゃないか」

神使。

それはウバに退治された化け猫が、力尽（ず）くで使役されていた頃の名称だ。ジリンは「そうね」と相づちを打ち、フェンスの上からウバを見つめる。

「もちろん今は神使じゃないし、昔は無理矢理ウバに使われて、嫌で仕方なかったわ。

早く自由になりたいと心から願っていた。……でもね、自由になった今、あたしはちっとも『悪行』をしたいとは思わないの。それよりも、誰かを助けたいって気持ちが強いのよ」

目を伏せて落ち着いた口調で話すジリンに、モカがポカンと口を開けた。

「あたしは元々悪い化け猫だったから、力を取り戻したらなんのためらいもなく悪行ができると思っていた。でも、ウバから力を返されても、全くその気が起きなかった。どうしてだろうと考えて、あたしは幸せで充実してるんだって気づいたの。毎日がきらきらしてるのよ」

「ジリン……」

ウバが心あらずといった様子でジリンの名を呟き、フェンスの上に立つ彼女を見上げる。

「あたしは自分の幸せのために、この街を、美来を守りたい。繁華街の影に潜み、泥水をすすって生きていたあたしがやっと出会えた……あたしの安息の場所だから」

ジリンの強いまなざしに心が動いたのか、ウバが厳かに「そうじゃな」と同意した。

「実際、わらわたちは力を取り戻すために『ねこのふカフェ』でサービスしておるのだ。頑張るのもやぶさかではない」

ジリンとウバの言葉に、美来は心が温かくなる。

いつの間にか、悪行を働く化け猫だったジリンが他者を思いやる優しい心を持ってくれていた。

ウバは、拾ったばかりの頃は人間の言葉をうまく発音できなくて、「カフェ」のことを「かふぇ」と呼ぶような舌足らずだった。それが今や、きちんと発音できている。客の声をちゃんと聞いていたから、自然と学んだのだ。

ウバは決して、中途半端に仕事をしていなかった。人間に愛想など振りまきたくないと言っていたのに、常に人間を相手にして手を抜くことはなかった。

美来はウバの頭をもふもふと撫でて、大きく頷く。

「まだ手立てがあるんだし、頑張ってみようよ。これ以上、事態が悪くならないようにね」

「あいつが美来を狙って無茶する可能性だってあるんだから、さっさと力を取り戻して成仏させるのが一番だもんな。俺も、頑張るよ」

キリマが尻尾を立てて美来の足に擦り寄り、決意に満ちた目で彼女を見つめる。そしてモカが「はあ」と呆れた響きのため息をついた。

「まったく君たちはポジティブだな。ジリンもいつの間にかずいぶんとお節介になったようだ。でもまあ、今の僕たちにできることといえば、それくらいしかないのも事実だね」

「ウバが、も～ちょっと使える神様ならね～」

ジリンが意地悪そうにウバを横目で見ると、彼女は「フンッ」とひげを揺らしてそっぽを向いた。

「わらわだって、全盛期の力を取り戻せばすごく強くなるんじゃもん！」

「あははっ、ウバが拗ねた」

「拗ねてなどおらんっ！　さあとっとと行くぞ。交番とやらにも寄るのだろう」

ウバがクルッと後ろを向き、のしのしと歩いていく。美来はほのぼのした気持ちが湧いてくるのを感じながら歩き始めた。

「美来」

その時、後ろから名を呼ばれる。振り向くと、キリマが神妙な表情をして座っていた。

「……俺は、あの時ちゃんと美来を守れていたか？」

「キリマ」

「俺だけがなにもできなかった気がする。俺は、大好きな美来を守りたかったのに」

キリマは無力感に苛まれていた。猫鬼という存在だからこそ、その悔しさは美来よりも強かったのかもしれない。

力はあるのに、その力は人を守るのになんの役にも立たない。

キリマは人間へ病をまく鬼だ。彼は人間を救う力などひとかけらも持っていない。

けれど、守りたい人間がいる——その思いが、キリマに自分自身の存在を否定させるのだ。

美来はゆっくりとキリマに近づくと、高く持ち上げて胸に抱いた。

「キリマは私を守ってくれたよ」

「気を遣って言わなくてもいいよ」

アイスブルーの瞳は乾き、酷く冷めている。美来は腕にぎゅっと力を込めて、明るく笑った。

「ほんとだよ。あの女の人に何度も飛びかかっていたじゃない。キリマが一番、私を守ってくれたよ」

喉を撫でると、キリマはごろごろと喉を鳴らしながらもぺたんと耳を伏せる。尻尾が力なく垂れ下がり、己の無力さを感じているのが見てとれた。

「でもね、私はキリマが傷つくところは見たくない。……お願いだよ」

ただの猫なら、なにも考えずにキリマを可愛がっていただろう。

だが、ウバが猫神だと知り、飼い猫だったキリマまでもが猫鬼なのだと判明した。言葉を交わせることはとても嬉しかった。でも同時に、キリマが無茶をして自分の前から消えてしまったらどうしようと、見えない未来に恐怖している。

「キリマ、約束して。絶対に私から離れたりしないって」

美来を守ってキリマが消えるようなことになれば、きっと、美来は自分を一生許せないだろう。

だから守りたい。美来を守りたいと言うキリマを守りたいのだ。

腕の中に収まるキリマを真剣に見つめる。

キリマの青い瞳は若干の迷いを残していた。しかし、こくりと頷く。

「わかった。俺は君を守るけど、絶対に離れたりしない。ずっと一緒だ」

決意を秘めた顔。

美来は「約束だよ！」と笑みを浮かべた。

家に帰る前に交番へ寄り、猫の行方不明が相次いでいることと、その犯人が住んでいるアパートについて報告した。

そして交番を後にして、人気のない歩道を歩く。

「あの警察官、全くやる気を見せなかったな」

不機嫌そうにキリマがぼやく。美来を挟んで反対側を歩くジリンが「仕方ないわよ」と言った。

「相手が猫だもの。よほどの動物好きでもない限り、淡泊な対応が普通でしょ」

「それはわかってるけどさ」

理解できていても、納得できないのだろう。キリマの顔には明らかに不満が見える。

美来の前を行くモカがこちらを振り向いた。

「もし警察が腰を上げたとしても、逮捕には至らない。なんせ、行方不明の猫の姿がどこにもいないんだ。化け猫に取り込まれたなんて、誰も考えないだろうしね」

「この時代の人間はあまりに『怪異』から遠ざかってしまった。怪異を迷信だと断言し、人外の存在を否定する。人に無視された怪異は、時の流れに溶けて消えるしかないのかもしれぬ」

美来の後ろを歩くウバが、トボトボとした足取りで呟いた。

「なあ、美来。わらわたちは滅ぶべき存在なのだろうか。誰にも信じてもらえず、消え去るのがさだめなのだろうか。人々は、神を必要としていないのだろうか」

ウバの足が止まる。振り返った美来を、ウバはジッと見上げていた。

美来もその場にとどまり、腕を組んで考える。

「神様は必要とされているんじゃないかな。でも、それはウバの望む形ではないんだろうね」

美来はウバの傍まで歩き、その体を持ち上げた。米袋かと思うほど重いウバを抱えて歩くのは大変だが、美来はそのままカフェに向かって足を進める。

「今の人はね、神様のご利益に期待できなくなってしまったんじゃないかな。神頼みをする時間があるなら、働いて堅実に貯金でもしたほうがずっと現実的だから、人は神様に頼ることをやめたのかもしれない」

そう、現代の人間は、あまりにリアリストになりすぎたのだ。

夢や空想では食べていけない。神の奇跡を待つより、目の前の利益を優先する。だってそうしなければ生きていけない――ある意味、無情とも言える時代なのだ。神社などで神に祈る人間は大勢いても、本気で神に助けを乞う人間は少数だろう。

「ウバは神様だから、そのことを寂しく思うのかもしれない。でも、逆に考えてみたらいいんじゃないかな?」

「逆……か?」

腕の中にいるウバが顔を上げ、不安そうに耳を揺らす。美来はこくりと頷いた。

「今までのウバは、山から人々の営みを見守ってきたんでしょ。それなら次は、自分のために生きてみたらどうかな。せっかく山から下りたんだし、新しい楽しみを見つけたり、趣味を見つけたりしてもいいと思うよ。信仰心が減ったせいで失ってしまった力は、うちの猫カフェで取り戻したらいいんだし」

美来の言葉に、ウバが金色の目を丸くする。すると、美来の隣を歩くジリンが明るく笑った。

「そうよウバ、もっと自分のことを考えてみなさいよ」

「わ、わらわが山を下りたのは、気まぐれであって、別になにかしたかったわけではないぞ」

「きっかけなんてなんでもいいだろ。今のお前はここにいる。したいことが見つかったなら、やってみればいい」

キリマが前を進みながら、そっけなく言い放つ。

「キリマ、おぬしはわらわのことが……きらいじゃ……」

ウバがぼそぼそと呟いている途中で、モカがタッと飛び出すように走って止まり、ウバがいる方向に顔を向けた。

「過去がどうであれ、今のウバは『ねこのふカフェ』の自称主人なんだ。それなら、とりあえずこの時代を楽しんでみろ。なかなかどうして興味深い時代だぞ」

ようやく『ねこのふカフェ』が見えてきた。

モカが足取り軽く駆け出していく。

ねこのふカフェと書かれた看板には、色違いの四つの肉球がついていた。看板を作る時、美来の思いつきで四匹に肉球でスタンプを捺(お)させたのだ。

ひときわ大きい肉球はウバのもの。一番小さい肉球はジリンのもの。

前足が汚れると文句を言うウバをなだめすかして作ったのだが、完成した看板を見て、一番喜んでいたのはウバだった。

『なかなかよい出来じゃ。わらわが協力してやったおかげじゃな』

そう言ってフンッと鼻を鳴らしたウバが、「あんなに嫌がってたくせに」と全員に突っ込まれて、たじろいでいたのを思い出す。

モカの後を、ジリンとキリマが走る。家族が待つ、自分たちの家に帰るため。

「わらわのやりたいことか」

ウバは美来の腕からヒョイと飛び下り、タタッとアスファルトの道を走っていった。

彼らを追いかけるように、美来も小走りで家に向かう。

ジリンは駐輪場で、「幸せで充実している」と口にしていた。

つまり、逆に考えれば、昔は幸せでなかったということだ。

そのことについて深く考えると悲しくなってしまうが、美来の家で過ごす毎日が幸せなら嬉しい。

ウバも、モカも、キリマも、そんな風に思っていてくれているといい。

「だって、家族……だもんね」

美来は呟き、『ねこのふカフェ』の扉を開いた。

第六章　うたえ、うたえ、猫のうた

次の日から、猫キャストの仕事ぶりは変化した。

皆、接客に燃え上がっているのだ。完全なる『接客のプロ』を目指し始めた猫たちは、いっそう客に愛想を振りまいていた。

「き、気のせいかもしれねえが、猫ども、スゲー気合入ってないか？」

コーヒーを淹れ終えた源郎が、注文品をトレーに載せた美来に小声で話しかける。

「うーん、心機一転したみたい。皆、このカフェが好きになったのかもね？」

「そりゃ嬉しいが。……なんだありゃ、ウバのやつ、座布団の上でスピンジャンプしてるぞ？」

「スピンジャンプ⁉」

グルッと美来が振り向くと、賽銭を貰ったウバが後ろ足一本でクルクルと回っている。そして天高く飛び上がり、ドスーンと着地した。ウバは重量のある猫なので、カフェに地鳴りが起きる。

「ニャアーン……！」

ドヤ顔のウバは、二本足でキメポーズを取り、きらんと瞳を光らせる。

「すっ、すごくね？　今、後ろ足でスピンしてたぞ！」

「こんなブタ猫なのに、身軽なんだね……」

「いやそういうことじゃなくて、猫が芸してるぞ！」

見ていたカップルの、特に男のほうがはしゃぎ、カシャカシャとスマートフォンで写真を撮る。

「これはネタになるなあ」

席に戻った客は、いそいそとスマートフォンでなにやら書き込みをしている様子だ。

ウバー！　やりすぎだよ！

美来は心の中で叫ぶ。気合十分なのはいいが、あくまで『猫』の範囲で頑張ってくれないと困る。いつか彼らが化け猫だとばれやしないかと、ヒヤヒヤしてしまうではないか

美来が困ったように「はぁ」とため息をついた時、テーブル席のほうから「すご～

い！」と喝采が聞こえた。慌てて顔を向けると、そこではキリマが猫のおやつを空中キャッチしていた。

「キ、キリマー!?」

客が軽く投げたカリカリのおやつを、回転ジャンプしてパクッと食べているのだ。カリカリを投げる客がもうひとり増えるとダブルループ。トリプルアクセル。四回転サルコウ！

華麗に回転したキリマは、後ろ足で着地し、シャーッとフローリングの床を滑る。なんらかのスポーツ番組を見て覚えたのだろうか。

それらの芸に、客は大喜びでおやつを投げている。

「ねこのふカフェの猫って、すっごく賢いよね。人懐っこくて可愛いし」

「ここまで芸達者だと、テレビに出そうじゃない？」

「ありえる～！」

女子グループはキャッキャと騒いでキリマの写真や動画を撮っていた。

美来は両手で顔を覆う。店の人気が上がるのはいいが、あまり有名になりすぎると自分たちの首を絞めかねないのだ。あの赤い目をした猫鬼を倒すためとはいえ、これではちょっと猫離れしすぎているだろう。

「……なんか、猫じゃないみたいだね」

猫たちの芸を眺めていた客がポソッと言った。美来はギクッと硬直する。とうとうバレてしまったのだろうか。彼らが動物の猫ではなく、神様や鬼なのだと——！

「うん。犬みたいだね」

隣に座るもうひとりが相づちをうつ。美来はホッと胸を撫で下ろした。

そうだ、いかに猫らしくなくても、さすがに『化け猫』とは思うまい。

「美来、ねこのふスペシャルランチ二人前できたぞ」

「はーい」

美来は可愛らしくデコレーションされたワンプレートランチをトレーに載せ、配膳に向かう。更に、別のテーブルにラテアートを置いていると、裏口から花代子が戻ってきた。

「ふぅ、ただいま～」

「お母さん、おかえりなさい」

花代子は駅前へチラシを配りに行っていたのだ。ランチのクーポンがついたもので、

QRコードを読み込むと、更に割引がつく。猫カフェに興味がある人にしてみれば、なかなかお得なチラシだろう。

「大量に刷ったわりには、帰ってくるのが早かったね。そんなにたくさんの人が貰ってくれたの？」

「それもあるけど、『ねこのふカフェ』のファンっていう人たちが手伝ってくれたのよ～。是非配らせてほしいって、お願いされてね～」

「ね、ねこのふカフェのファン？」

そんな人がいるのか。美来が驚いていると、花代子は腕を組んで「そうなの～」と頷く。

「男女のふたり組だったんだけど、妙な偶然でねえ。女の人が着てた服は私の持ってるワンピースと同じものだったし、隣にいた男の人も、お父さんの服とそっくりな服を着てたの。趣味が似てるのかしらね？」

「えっ」

美来はドン引きの声を出して、きょろきょろと辺りを見回す。

ジリンとモカの姿が見えない。

「ちょっとお母さん、私、少しだけ家に戻るね！」

花代子と入れ違うように、美来は裏口から外へ駆け出す。そして家に戻って両親の部屋に入り、その惨状に「うわぁ！」と驚愕してしまった。

「ジリン、モカ！　こんなに散らかしちゃだめでしょ！」

美来の声に、タンスの引き出しからヒョイッと顔を出すのはモカとジリン。両親の部屋はぐちゃぐちゃの荒れ放題だった。

「仕方がないでしょ。服がないと警察に通報されるんだもの」

ツンと顔をそらすジリンの頭には、母の下着が乗っかっている。美来は呆れ返ってため息をついた。

「開き直らない」

仁王立ち（におうだ）になって、ジト目で睨む。だが、二匹とも素知らぬ顔だ。

「美来、お父さんの服は全体的にセンスが皆無だぞ。僕に似合う服がなかなか見つからなくて、とても苦労した」

「余計なお世話です！　大体、ここまで服を取っ替え引っ替えすることないでしょ！　誰が片付けると思ってるの！」

二匹は同時に美来を見た。

「美来でしょ」

「美来だろ」

ピキッと美来の額に青筋が走る。

「ジーリーンー、モーカー！」

ドス、ドス、と足音を立てて近づくと、ジリンとモカは揃って床に下り立ち、タタッとすばやく部屋から逃げていく。さすがは猫だ。いたずらをした時の逃げ足の速さは尋常じゃない。

「気合が入ってるのはいいけど……こういうのは困るよ～」

美来はげんなりして部屋の中を片付ける。散乱した服や下着を畳み、タンスに仕舞った。

ジリンとモカは、花代子がチラシを配りに行くと聞いた時、手伝おうと決めたのだろう。人間に変化できるという利点を活用したい気持ちはわかる。だが、それによって美来が後始末に奔走し、余計な仕事が増えてしまうのでは意味がない。

「まあ、服くらい私が用意するべきだったんだろうけど」

これからは、いつ人間に化けてもいいように、ジリンとモカ用の服を買っておこう。毎回両親のタンスを漁られてはたまらない。

最後の服をハンガーにひっかけてワードローブにつるし、部屋が綺麗になったのを確かめて、美来は喫茶店に戻る。

そして裏口のドアを開けた途端、大きな喝采が聞こえてきた。

「すごい！　モカくんが玉乗りしてる！」

「ウバちゃん、それ、綱渡り!?」

「ジリンちゃん、ダンスとっても上手だよ！」

猫カフェの店内は、まるでサーカス会場だった。美来はクラクラとめまいがして壁にぶつかってしまう。

ころころと転がるボールに二本足で立って、バランスを取りながら移動しているのはモカ。そんな驚異的なバランス力は、こんなところで発揮しなくてもいい。

そしてウバは天井に飾っている蔓草調のヒモの上でぷるぷると足を震わせて移動していた。芸達者な他の三匹に感化されて無理をしているのが一目瞭然である。というか、ウバは体重があるのだから、軽業師みたいな真似をしないでほしい。ヒモがギチギチと悲鳴を上げて、いまにもちぎれそうではないか。

キリマは相変わらず、フローリングの上でアイスショーを繰り広げているし、ジリンはどこで覚えたのか（間違いなく繁華街だろうが）、キャットタワーの棒を使って妖艶なポールダンスをしている。キャットタワーはそんな風に使うものではないので、即刻やめていただきたい！

源郎はポットを持ったままポカンと口を開けていた。ポットから注ぐコーヒーはすでにカップの容量を超えており、ドボドボとソーサーにこぼれている。だが、誰もそんな源郎をとがめない。

この場の全員が、おかしな猫に釘付けだ。キリマが壁蹴りをしてクルンと宙返りし、床に着地すると、チャキンと特撮ヒーローのようなポーズを取ってフィニッシュを決めた。

「皆がこんなに芸達者だったなんて、全然知らなかったわ～」

花代子はのんびりとした口調で言うが、さすがにどうしたらいいのかわからない様子である。

頑張りたいという気持ちはわかるものの、これではやりすぎだ。

今日はお説教……

美来はそう、心に決めた。

『ねこのふカフェ』が閉店時間を迎え、美来はフロアの掃除を始める。

だが、その前に、モップを片手に仁王立ちした。

「はい全員、ここに集合！」

美来の掛け声に、猫たちは渋々と集まる。

どうやら、やりすぎてしまったのは自覚しているようだ。

「あのねえ、君たちが焦っているのはよーくわかってるよ。私だって、なんとかしなきゃって思ってる。だけど、今日はやりすぎです！」

美来が叱ると、キリマはシュンと耳を伏せた。しかしウバとジリンとモカはどこ吹く風で口笛まで吹いている。

「美来は心配しすぎよ〜。あれくらいどうってことないって」

パタパタとジリンが前足で顔を扇いだ。

「ジリンは、今後お母さんの服を持ち出すのは禁止。あと、ポールダンスもだめ！」

「え〜繁華街じゃ人気あったのに〜」

不満そうにぷくっと頬を膨らませる顔はとても可愛いけれど、ここで甘やかしてはいけない。

「僕はジリンに比べれば幾分か大人しかったし、さほど反省するところはないはずだが」

「モカは玉乗り禁止！　それに、寝室で服をちらかした度合いはモカのほうが上だったよ！」

「あれは仕方ない。だってお父さんの服が、センス皆無なのが悪いんだ」

「お父さんには似合ってるからいいの！」

まったくもう、と美来はモカを睨みつけ、最後にウバに視線を向ける。

「ウバは、綱渡り禁止だよ」

「むっ……あれはその、わらわとしては精一杯頑張ったのだが」

「頑張りは認めるけど危ないから！　それに、ウバがスピンジャンプしてた時も、ドスンドスンって地響きしてたんだよ！　そのうちウバの台座が潰れちゃうからね？」

ウバは「ぬぅ」と唸(うな)って黙ってしまった。ぐうの音も出ないようだ。

なんとか全員に反省させた美来は一息つき、花代子から渡されていたものをカウンターの裏から取り出した。

キラリと光る金色のラベル、高級感溢れる美しいフォルム。

「そっ、それは！」

「プレミアム本マグロを使用したゴールデンつゆだく高級猫缶ではないかっ！」

「ねこのふカフェ、開店祝いにしか出されなかった、僕たちの中で伝説級の逸品……！」

キリマをはじめ、猫たちがニャアニャアと騒ぎ出す。

まったくゲンキンなんだから、と、美来は呆れた顔で笑った。

「なんだかんだで、今日は一生懸命頑張ってくれたからね。お客さんも喜んでくれたし……お母さんからごほうびだって。でも、今回は特別だからね？　あまりお客さんを驚かせ続けたら、困るのは皆なんだってこと、理解してね」

美来は釘を刺しつつ、四個の猫缶を床に置き、カシュッとフタを開けて猫用の皿に盛った。

猫たちは目をきらきらと輝かせて、美来の作業を見つめている。こういうところは化け猫とはいえ、ただの猫と一緒だ。

「はい、召し上がれ」

四匹は一斉に自分の猫皿に飛び付き、もしゃもしゃと食べ始めた。

美来がミルクの用意をしていると、いち早く食べ終えたキリマが傍に寄ってくる。

「な、なあ、美来」

「ん？」

ミルクの皿を差し出しても、キリマは黒い尻尾を力なく下ろし、耳もぺたんと寝かせている。

「その、やり過ぎだったと反省してるけど……俺の『おやつ空中キャッチ』どうだった？　テレビを見て、俺なりに一生懸命考えたんだ。面白くなかったか？」

どうやらキリマは、美来にウケたかどうかが気になるようだ。美来はクスッと笑って、キリマの頭を柔らかく撫でる。

「面白かったよ。キリマは瞬発力がすごいな～って、びっくりした」

「そっか！　密かに練習しておいてよかった」

キリマが嬉しそうに目を細め、耳をピンッと跳ねさせて尻尾を上げる。

ミルクをぺろぺろと舐めるキリマを見て、美来はほんわかした気持ちになった。

……可愛いなあ。

ついデレッと相好を崩し、キリマを見つめてしまう。

拾った時はあんなにも警戒心が強くて、暴れん坊で、餌を食べさせるのにも時間がかかったのに、今ではこんなにも美来に懐き、慕ってくれる。

うちの猫たちを守りたい。ウバやジリン、モカと、ずっと家族でいたい。

この幸せな時間が永遠に続けばいい。

美来は膝に頬杖をついて、ミルクを舐める猫たちをしばらく眺めていた。


——夜。カフェに明かりはすでになく、両親も就寝している午後十一時。美来はなかなか寝付くことができなくて、出窓を開けてのんびりと空を眺めていた。

天気予報によると、明日は晴れらしい。藍色に染まった空には星がぽつぽつと瞬き、白金色の月がぽっかりと姿を見せている。

満月があまりに輝いているからか、深夜だというのに明るかった。

ベッドに座り、出窓に肘をついて月を見上げていると、ふいに腕に柔らかいものが当たる。それは宵闇に溶けそうな黒の毛並みに、アイスブルーの瞳を持つキリマだった。

「あれ、キリマ、寝たんじゃなかったの？」

「美来が起きてるから、俺もなんとなく寝付けなかったんだ」

ごろごろと美来の腕に顔を擦りつけてから、キリマは出窓に座って丸くなる。美来は「そっか」と相づちを打って、空を見上げた。

「月を見てると、不思議と心が落ち着くんだよね～」

「俺にとって月はあんまり興味がないものだけど……美来は月が好きなんだな」

キリマは顔だけを動かして空を仰ぐ。

太陽に比べて月は静かに佇んでいるからだろうか、美来の心を落ち着かせてくれる。

そして、過去のことをゆっくりと思い出させた。

「キリマが猫鬼だなんて、最初は想像もしてなかったよ。だから、今もこうやってお話ししているのが夢みたいだって思う。それでも大分慣れたけどね」

「そっか、慣れてもらえたのはよかった。俺はずっと、気味が悪いと捨てられるのが怖くて、猫のフリをしていたからな」

キリマが猫鬼だと知った時、確かに彼はそんなことを口にしていた。美来に嫌われたくなくて、化け猫と言えなかったのだと。

確かに喋る猫だなんて、普通は驚く。人によっては忌み嫌うかもしれない。だけど美来は、目の前の怪異を受け入れた。当然驚きはしたが、なにより嬉しかったのだ。キリマとお喋りができることが。

「初めて会った日のキリマは、それはもう汚くて……朝の散歩で見つけた時はびっくりしたね」

美来の日課は、朝の散歩だ。今も毎日三十分、運動のために歩いている。ウバを見つけた古い神社の軒下で、二年前、キリマは段ボール箱に入っていた。段ボールは古く、雨で傷んだのか、ところどころがヨレヨレにふやけていた。

野良猫と喧嘩でもしたらしく、キリマの体は傷だらけで、黒い毛がポツポツと禿げて地肌が見えていた。目ヤニも溜まって、酷くすさんだ瞳だった。美来が歩み寄ると、鼻についたのは下水の臭い。キリマは美来が近づいてきた途端、毛を逆立てて威嚇し始めた。

『ごめんね、我慢してね……。って、すごい暴れようだね！』

美来が手を伸ばせば、キリマはますます怒り出す。手を引っ掻き、牙を立て、抱き上げるとバタバタと暴れる。だが、それでも走って逃げられるほどの体力はないようだった。

美来は暴れるキリマを無理矢理抱え、近所にある動物病院へ飛び込んだ。その獣医師にはとても親切にしてもらい、以来、行きつけの動物病院になっている。

キリマは非常に不衛生なところで生きていたらしく、傷の治療もさることながら、目の病気の治療や、予防接種など、しなければならない処置がたくさんあった。

手を引っ掻かれ、噛まれた美来も、人間の病院で感染症を調べてもらった後に動物病院へ戻る。するとキリマは首に大きなエリザベスカラーをつけ、体中に包帯が巻かれていた。

『今できる処置はすべて終えましたが、あなた、この猫を飼うつもりですか？』

そう獣医師に聞かれた美来は一呼吸置いた後、「はい」と頷いた。

猫は好きだが、特別飼いたかったわけじゃない。両親の了承も得ていない。

だけど、キリマを手放すという選択肢が、なぜか頭に浮かんでこなかった。

暴れるキリマを抱き上げた時から、すでに決意していたのかもしれない。

この子を自分の家族にしようと。

美来とキリマの出会いを言葉で飾るなら『運命』だったのだろう。

「最初の頃は全然懐いてくれなくて、苦労したねえ」

二年前のことを思い出して美来が笑うと、キリマが「むぅ」と困ったように俯く。

「俺、すっごくやさぐれてたんだよ。この人間はなにを考えているんだ、俺をどうするつもりなんだって、ずっと考えてた気がする」

「ふふ、目薬を点眼した時なんて、部屋が壊れそうなくらい暴れたよね。カーテンは破くし、壁紙は引っ掻くし、小物を落としたり割ったりしたっけ」

「……実は今でも、目薬は苦手だ。でも、だんだん体が楽になってきてさ。体中の傷が治って、目もとても見やすくなって……驚いたんだ」

キリマはゆっくりと起き上がり、月が照らす明るい空を見る。しかしその視線は月に向かっておらず、まるで過去を眺めているみたいに、遠い。

「美来の家に入ってから、俺は一度もぶたれていない。蹴られていない。どうしてだろうって思った。なぜか毎日おいしいごはんと新鮮な水をもらえる。俺には全然わからなかった。美来にシャンプーされた時も、なんで俺を綺麗にしてくれるのか、理解できなかった」

キリマは空から視線を外し、美来を見上げた。彼は、今にも泣き出しそうな顔をしている。

「俺は美来に会うまで優しくされた経験がなかったから、これが『優しい』ってことなんだって、気づけなかった」

「……そっか」

美来が頭を撫でると、キリマは目を細めてごろごろと喉を鳴らした。

「こんなにかっこいいのにねえ。今までキリマが出会った人は、見る目がなかったんだよ」

「そんな風に言ってくれるのも美来だけだったよ。ブラシで毛並みを揃えてもらってさ、甘いミルクを飲んでいた時、ふと、思ったんだ。……この家を出たくない。美来に捨てられたくないって」

優しさを知らなかったから、耐えられた。

そんな猫が優しさを知って、怖くなったのだ。——この心地よさを失うことを。

爪を立ててしがみついてでも、離れたくない。

ここから放り出されたくない。

捨てないで。置いていかないで。優しくして。

「俺は美来に迷惑をかけないように生きようって心に決めたんだ。美来が困ることはしないし、ものを壊したり暴れたりするのもやめた。いい猫を演じれば、ここにずっといられると考えたんだ」

「そういえば、キリマは突然大人しくなったよね。ようやく懐いてくれたのかなって思っていたけど、そういう事情があったんだ」

「そう。俺は自分が思うよりずっと、ずるい猫だった。でも、そんな演技もいつの間にか『本気』になって、美来の傍にいたいと願うようになったんだ。無力だったとしても、美来を守りたい」

キリマが黒い前足を上げる。ピンク色の肉球のついた小さな足。美来はその前足をそっと握りしめ、キリマの触り心地のよい頭を撫でる。

「キリマ、大好きだよ」

家族のように傍にいて、宝物みたいに大切な存在。

いつの間にかこんなにも美来の心を占めた、大好きな猫。

彼は俯き、照れた様子で顔を洗った。そして、小声でぽそぽそと話す。

「俺も……美来のこと、大好きだ」

守りたい。傍にいたい。キリマの望みは、美来が持つものと同じものだ。

静かに笑った美来は、優しい手つきでキリマの背中を撫でる。

コツ、コツ、コツン。

階下から小さな音が聞こえてくる。

なんの音だろうと、美来は出窓よりヒョイと身を乗り出して下を見た。

「ウバ？」

カフェの入り口でウロウロしているのは、見間違うはずもない巨大猫、ウバだった。

まぶしいくらいの満月に照らされて、ウバの白い毛はきらきらと輝いている。

「なにしてるんだろう……」

美来が出窓から見つめる中、ウバは街路樹の傍でなにかを探していた。続いて店の植え込みをのぞき込んだり、道路のほうに近づいたりする。

「危ないなあ。ちょっと見てくるよ」

「美来、俺も行く」

寝床で寝ているジリンとモカを起こさないように歩き、美来たちは部屋を出た。暗い廊下に電気をつけて、玄関の扉を開ける。

歩道に面している家を出たら、カフェはすぐ隣だ。美来とキリマが近づいたところ、後ろを向いていたウバの耳がピクッと揺れた。

「なんじゃ、おぬしらか」

「ウバ、道路に出たら危ないよ。なにか探してたみたいだけど、どうしたの？」

カフェの入り口まで移動して聞くと、ウバは歩道の真ん中にのっしりと座り、困った様子で俯く。

「これくらいの小石を集めておったのじゃが、探すのに難儀していた」

よく見れば、ウバの前には小粒の石ころが三つ転がっていた。美来はしゃがんで石を拾い、まじまじと見る。どうやら街路樹の土から掘り出したらしく、土がついていた。

「石を集めてどうするの？」

「うむ、今日はちょうど満月であるし、結界を張ろうと思ってな。わらわが結界を張るには、自然石が必要なのじゃ」

結界？　聞き慣れない言葉に、美来は首を傾げる。

「ようするに、『ねこのふカフェ』に災いを呼び寄せぬようにするのよ。とはいえ、気休め程度の結界しか張れぬが」

ウバは自分で見つけた石を前足でつつき、ころんと転がした。

「情けない有様じゃ。あの時、山で猫鬼を退治できておれば、こんなことにならなかった。認めたくなかったが、わらわは神として本当に役立たずになってしまったの」

こんな小さな石ころすら、満足に集められない。

そう呟き、はぁ、とため息をつくウバを見て、美来とキリマは目を合わせた。キリマはこらえきれなくなったらしく、ぷっと噴き出す。ウバは自分が笑われたと感じたのか、ムッとして彼を睨み、尻尾を逆立てた。

「違う違う」

キリマはウバの前に移動して、くるりと一回りする。

「ウバは何百年経っても、ウバなんだなって思ったんだ。その仕事熱心でド真面目な性格が全く変わってなくて、笑えてきてな」

「ド真面目って。わらわは真面目であるつもりはないぞ。神として当然のことをしたいだけであって、ふにゃ！」

ウバが話している途中で、美来は彼女の頭を撫でた。モフモフした柔かな毛並みを存分に楽しんでから、笑顔を向ける。

「ウバはずっと、あの猫鬼の件で責任を感じていたんだね」

山で出会った時、ちゃんと退治できていれば。

ウバは度々そんなことを口にして落ち込んでいた。人間に憑依していた猫鬼を引き剥がすまではできたが、それで力を使い果たし、ウバは気を失ってしまった。

その結果、死体だった人間はなおも猫鬼に操られ、街で猫をさらっている。そしてウバは、なにも知らないまま山を下りてきたのだ。

この手に力があれば――

美来たちの中で一番強く無力感を覚えていたのは、ウバだったのかもしれない。

「ウバは本当に仕事熱心なんだね。あなたが力をなくしたのは、あなたのせいじゃないのに。そもそも人間が信仰心を失ったのが原因なんだから、責任を感じる必要はないよ」

「いいや、それは違う。わらわが人からの信仰心を失ったのは、わらわの力不足じゃ。人の心はおろか、配下にしていた化け猫の心すら捕まえることができなんだ。情けない有様じゃ。こんなわらわが神を名乗るなど、笑い話にもならぬ」

皆でカフェを盛り上げて、力を取り戻そう。

そんな決意をしてから、ウバはこれまでになく『ねこのふカフェ』で頑張っていた。以前は奥にある台の上で寝そべり、客が賽銭を与えにくる時だけ芸を見せていたが、今日は自ら客寄せをして、芸にまで挑戦したりしていた。

人間に媚びるのは嫌だと、へそを曲げていたとは思えない行動である。

焦っていたのだろう。早く力を取り戻して、あの猫鬼をどうにかしたかったのだ。

しばらく落ち込んだ様子で俯いていたウバは、やがてキッと顔を上げる。

「だが、わらわが神としてこの世に出現した以上、滅びるまでわらわは神でいなければならぬ。そして、力が足りなくても、この『ねこのふカフェ』を守りたい。ここは、わらわが『優しさ』という感情を知った大切な場所なのだから」

「ウバ……」

美来がウバの頭を撫でると、彼女は目を細めて耳を寝かし、グルグルと喉を鳴らす。

惜しむように美来の手に顔を擦り寄せ、金色の瞳で空を見上げた。

「わらわにとって人間とは『わらわへ供物を捧げる弱者』であり、化け猫は『退治し、使役する者』だった。それがすべてであり、優しさなど知る必要がなかった」

ぽつぽつとウバが話す。

信仰心を失い、力がふるえなくなったことで、使役していた化け猫たちは自由を取り戻し、一斉にウバから逃げ出した。

そしてウバは……ひとりぼっちになってしまった。

その結果、孤独感から寂しさを知り、美来に拾われて優しさを知った。

「俺もウバと同じだよ」

キリマが静かに言う。同時に、家のほうからタタッと軽快な足音が聞こえた。

「あたしたちだって、美来の家が好きよ」

「ねこのふカフェは、僕たちの帰る場所だ。みんなで、守るんだ」

やってきたのはジリンとモカ。起こさないように気をつけていたが、どうやらしっかり聞き耳を立てていたらしい。

美来たちは近くの公園まで行き、懐中電灯を照らして小石を探すことにした。しばらくして、集まった小石は合計二十四個。なかなかの数だ。

「思ってたより、たくさん小石がいるんだねえ」

「うむ。新月が満月へ至り、月の光が満ちる時、わらわの力を二十四の節気に分け、それぞれの石で場を守るのじゃ。江戸の時代なら、とてもありがたいお守りであったのだぞ」

「へー、初耳」

「猫神は狐神に比べて地味だし、名前も知られてないから仕方ないわよ」

「地味と言うでないわっ！」

ジリンの軽口に、ウバがクワッと怒り出す。そして「まったく口の減らない」とブツブツ言いながら小石をくわえては、カフェの周りにコロコロと置いていく。

「ウバ、俺はこっちの小石を並べるよ」

「ふうむ。つまり小石で印を切るわけだな。この形は記憶している文様だ。僕はこっちの小石を受け持とう」

「あたしにも小石の置き方教えてよ～」

キリマやモカ、ジリンが次々に話しかけてきて、ウバはなぜか困惑の表情を浮かべた。美来が首を傾げて「どうしたの？」と問いかける。

「い、いや……なんでもない。ではキリマとモカは、東側と北側を頼もう。ジリンは、わらわと一緒に石を持ってきておくれ」

「は～い」

美来も手伝って、皆で石を配置する。そして二十四個の石で、非常に複雑な文様を描いた。

「では始めよう。皆も一緒に歌ってくれると嬉しい」

そう言って、ウバはカフェの入り口に座り、白金に輝く月を見上げる。キリマとモカ、ジリンもウバの隣に座って、いつもより明るい夜空を仰いだ。

ニャー。

ウバが鳴き始める。ニャー、ニャー。キリマとジリンが輪唱するように鳴いて、ニャアーとモカが長く鳴く。

ニャー、ニャ、ニャーニャー。

音域の違う猫たちの合唱。それはまさしく『歌』だった。

観客は美来と、静かに佇む満月。

しわがれたダミ声のウバ、スマートな美声のキリマ、愛らしい声のジリン、シャープなモカの声。

それらは重なり、奏で合い、鳴き声のハーモニーを生む。

ふわりと、二十四個の石が光り出した。蛍の光に似たエメラルド色に灯っていたそれらは、やがて白金色へと変わり、アスファルトの地面にとろりと溶けていく。

不思議な光景。美しく、幻想的な世界。

歌っている時間は長かったのか、短かったのか。二十四個の石がすべて溶けたあと、ウバはゆっくりと歌うのをやめた。

「……本当に、最初は、気まぐれだったのじゃ」

ぽつりとウバが呟く。歌を終えた猫たちは、顔を上げた。

「力を失って、わらわにはなにもなくなったから、山を下りてみたというだけ。なにかを期待したわけではない。わらわは希望を覚えるには、あまりに年を取りすぎていた」

街に下りたところで、素敵な出会いがあるわけがない。

山から出たところで、かつての神使が戻ってくるわけがない。

ウバは最初から諦めていた。のたれ死ぬなら山でも街でもいいと、そんな投げやりな気持ちでいたのかもしれない。

――それが寂しいという感情から起こる行動なのだと、その時のウバはまだ、知らなかった。

「わらわは力はないが、幸せな神なのだろうな」

ふふ、と笑って、ウバは周りにいる猫と美来を見た。

するとジリンがその場でクルンと宙返りをして、ぱちんとウィンクをする。

「当たり前よ。あたしたちがついてるんだもん。ウバはマイナーで地味で知名度が低いけど、超ラッキーな神様よ！」

「そこまで言わんでもよかろうっ⁉」

すかさずウバが突っ込み、キリマとモカが笑う。

美来も一緒になって笑った。

ウバがずっと欲しがっていたものを手に入れたように見えて、嬉しかったのだ。

第七章　猫鬼の呪いに、猫鬼は決意する

目が覚めるほどの満月が夜の街を照らした翌日は、あいにくの雨だった。

昨日の天気予報では確かに晴れだと言っていたのに、秋の空は気まぐれで当てにならないものだ。

早朝はシトシトと静かな雨音だったが、カフェを開店する頃にはざあざあ降りになっていた。雷も近づいているのか、黒い曇天(どんてん)が低音のドラムを鳴らす。

「こりゃダメだな。客が来る気配が全くしねぇ」

店の窓から雨の様子を見ていた源郎が、困ったように頭を掻く。午前中のカフェに猫の姿はない。彼らの『出勤』は、ランチタイムからなのだ。

「風も出てきたわね～。看板、中に入れておきましょう」

花代子は店を出て、スタンド型の黒板を店内に入れる。

「お父さん、大雨警報と雷注意報が出てるみたいだよ」

美来がスマートフォンで天気予報を調べながら言うと、源郎は「うーん」と腕を組んだ。

「もう少し開けておいて、客がこなかったら閉めようか。電気代ももったいないからな」

「美来は家に戻っていいわよ。猫ちゃんたちはそろそろごはんの時間でしょ？」

「そうだね……ん？」

カタンと物音がして、美来は裏口を見た。すると、猫用扉が開いてずぶ濡れのキリマとジリン、モカが駆け足で飛び込んでくる。そして唯一扉から入れないウバが、ガリガリと裏口の扉を引っ掻いていた。

美来が慌てて裏口を開けると、扉の隙間からウバが入り込み、その場でパタパタと体を揺らして雨水を振り落とす。

「どうしたの、みんな」

驚いた美来は、猫たちの体をタオルで拭きながら尋ねる。その時、店の外からゴロゴロと雷の音がした。

一番に動いたのはモカだ。彼はぴゅーっとキャットタワーに走って、小さな入れ物の中に入る。

ジリンは花代子の傍でウロウロした後にキャットタワーのカゴに入って、ウバはキャットタワーの一番上に上るとプルプルと巨体を震わせた。

いつも通りなのはキリマだけだ。彼以外は皆、挙動がおかしい。

まさかと思った美来は、キリマに小声で聞いてみた。

「もしかして、みんなは雷が怖いの？」

キリマはカウンターに座ると、コクンと小さく頷く。

まさか化け猫や猫神のくせして雷が苦手だったなんて。キリマは雷が鳴っても全く怖がらなかったので、意外だ。

「あらあら。みんな雷雨が怖くてこっちに来ちゃったの？　しょうがないわね～」

花代子はキャットタワーを眺めながらのんびりと言う。そして源郎がカウンターで驚愕の表情を浮かべていた。

「お、俺の買ったキャットタワーが……かつてないほど有効活用されている……！」

源郎は感動している。しかし、あれは『有効活用』と言っていいのだろうか。震えているだけだし、遊んでもいないし。

「源郎さん、猫ちゃんがこんな調子じゃ、猫カフェの時間も可哀想よ〜。すっかり怯えているわ」

キリマの背中を撫でる花代子は、源郎を見た。

「そうだなあ」

口ひげを軽く撫でた後、源郎は「よし」と腰に手を当てる。

「今日は店じまいにしちまうか。さすがにこんな大雨の中、猫を見に来る客もいねえだろ」

「そうね。久しぶりにゆっくりしましょうよ。みんな、おうちで遊びましょうね〜」

花代子がそう言うと、モカとウバが一斉に彼女のもとへ走っていく。うろうろと辺りを回って、早く家に帰って遊ぼうとせかしているみたいに見えた。

「ふふ、甘えん坊さんね〜」

「むぅ、なんでお前ら、花代子にばかり懐いているんだ。俺だって遊んでやってもいいのに」

源郎が不満げな声を出す。彼はしばらく前から、猫にモテモテの花代子が羨(うらや)ましいようだ。もしかすると対抗意識を燃やしているのかもしれない。

　そんなやりとりをしつつコンロの火を落とし、電気を消して、店じまいを始める。美来はカフェの玄関から外に出て、扉にひっかけている『OPEN』の札を手に取った。ひっくり返すと『CLOSE』という文字に変わる。

「これでよし」

　美来が頷いてカフェに戻ろうとした時、パリンとなにかが割れる音がした。

「え？」

　パリン、パリン、パリン、パリン。

　不思議な音に振り向いた美来は、目の前の光景に固まる。

　嵐の中、女が立っていた。八百年という時代を生かされてきたという、魂の抜けた死体だ。

「……！」

　震え上がって悲鳴を上げようとしたが、恐怖が強すぎて声が出ない。

　ごろごろ。ざあざあ。

　強い雨が美来の頬を叩く。ずぶ濡れになった女の髪は顔まで垂れ、まさに幽霊のようだ。

女がなにかをブツブツ呟きながら、一歩前に出た。パリンと音がして、裸足だった彼女の足下が白金色に輝く。

女は、昨日ウバが張った結界を割っているのだ。

アパートでは腐臭がしていたのに、今は雨が洗い流しているのかなんの匂いも届かない。ただ、近づいてくる女の呟きが、少しずつ明確になる。

パリン、パリン。

美来の耳に、十二回目の結界が割れる音が届いた時、ようやく女がなにを言っているのかわかった。

ゆるして。ゆるして。ゆるして。ゆるして。

女はずっと同じ言葉を繰り返している。恨みとか憎しみの言葉ではなく、ただひたすらに、贖罪(しょくざい)の言葉を。

ゾッとする。一体誰に謝っているのだろう。

そして――あの猫はどこにいるのだ。赤い目をした猫鬼は。

「美来！　店に入れ！」

鋭いキリマの声。ハッとした美来はドアを開けてカフェに逃げ込む。だが、女も同時に動いた。扉の取っ手を掴み、信じられないほどの怪力で扉をこじ開ける。

バン、と大きな音がして、雨粒が風と共に入り込んできた。美来は傍に来たキリマを抱き上げ、後ろを振り向く。

風に煽られた女は雨を浴びてびしょ濡れで、髪の先から水滴がぼたぼたと落ちていた。

美来に向かって、一歩、二歩、と近づいてきた女は突然、前に向かって突進した。美来に体当たりでもするつもりなのか、その体を大きく傾ける。

美来は、反射的に身をよじって避けた。女は足を止められないのか、そのまま美来の横を通り過ぎても前進し続ける。

女の目の前にいたのは、花代子だった。

「お、お母さんっ！」

美来が声を上げた。キョトンとした花代子へ、女が両手を大きく広げ、襲いかかる。

『次の依代を探す』

そう言っていた猫鬼の言葉を思い出し、美来の肌が粟立つ。

「はっ！」

しかし、美来の予想に反して、花代子は鋭く息を吐いて女の手首を掴むと、勢いを殺さないまま、クルリと半回転した。

瞬間、女は床に吸い込まれるように倒される。相手の動きを読み、相手の勢いを利用して技をかける護身術——合気道だ。

そういえば、花代子は合気道の使い手なのだと美来は思い出した。のんびりした顔や仕草からは予想もできないのだが、動体視力と体さばきが人間離れしているのだ。

床に落ちた女は動かない。花代子は呼吸を整えてから不審そうに眉をひそめた。

「この人どなたかしら？　突然襲ってきたように見えたけれど……」

「花代子、そいつから離れろ。なんか様子がおかしい」

ただ事ではない雰囲気に、源郎が上ずった声を出す。女は倒れて動かないまま、再びブツブツと呟き始めた。

「ゆるして、ゆるして、ゆるして……」

一体なにに対して許しを乞うているのか。

女の指先が、炭のように黒く染まった。

「わたしを、ゆるして」

その黒は指から手首へ、そして腕へと進み、彼女の手足が真っ黒に染まる。皆が固(かた)唾(ず)を呑んで見守る中、女の腹、胸、首も、闇色に変化していく。

そして最後には、女の顔すら真っ黒になった。その時にはもう、彼女の呟きは聞こえない。

やがて、完全な黒と化したその姿は虚空に溶け、夢幻の如(ごと)く消え入った。

シン、と静寂が落ちる。美来も猫たちも、そして花代子と源郎も、皆、言葉を発しない。だが、その沈黙を破った者がいた。それは——ウバだった。

「ニャアアッ！」

カフェの入り口、レジカウンターの裏にウバが駆け出す。そこから現れたのは、黒い猫。弾丸のように飛び上がりウバに襲いかかった闇色の猫は、間違いなくアパートで見たあの赤い目の猫鬼だ。

「ウバ！」

美来が声を上げた。ウバと猫鬼は絡み合ったままごろごろと転(ころ)がり、やがてウバは猫鬼の上にのしかかる。

「迷える亡者よ、現世(うつしょ)よりとこしえに去れ！」

ウバの体が白金色に輝く。

「ウヴォオアアオオヴアアアアア!!」

猫鬼は身がすくむほどの断末魔を上げ、その身をぼろぼろと崩していく。

「嫌ダ……苦シイ……息ガデキナイ……行クナ、出テイクナ！」

猫鬼が苦悶(くもん)の声を上げ、赤い目を見開いた。その瞬間、猫鬼の体が膨らみ、バンと大きな破裂音がする。

「にゃー」

「ニャー！」

「ウニャー」

「わああ！　なんだぁああ!?」

源郎が叫んだ。なんせ猫鬼の体から数十匹の猫が飛び出してきたのだ。美来ももちろん驚いたし、花代子もあんぐりと口を開けている。

おそらく、行方不明になっていた猫だろう。猫鬼が力を失い、取り込まれていた猫たちが一気に解放されたのだ。

カフェの中は猫だらけになり、源郎はあたふたと辺りを見回した。

「あら～どうしましょうね……」

花代子があまり困ってなさそうな顔をして頬に手を当てる。

そして美来は、ウバを見た。そこに猫鬼の姿はなく、ウバ一匹が佇んでいる。

猫鬼は猫神によって退治されたのか。

ウバは動かない。まだ警戒しているのか、注意深く金色の瞳を光らせている。

「ウバ……大丈夫?」

美来は猫だらけになった床の上を慎重に歩きながらウバに近づいた。

その時、キリマの声がカフェ中に響き渡る。

「だめだ、美来。『まだ』滅びきっていない!」

え、と美来が振り向く。キリマが焦った顔で美来のもとへ駆け寄ろうとしていた。

しかし猫たちの壁に阻まれ、その動きが一歩遅れる。

「アァ……コノ苦シミ、オマエモ、味ワウガ、イイイイィィィ」

猫鬼の怨嗟が聞こえたと同時に、サァッと、氷水を浴びたように美来の体が冷たくなった。黒い霧が周りに立ちこめ、美来の体に吸いこまれていく。

「美来、美来!」

キリマが叫んでいる。傍に来て、美来の周りをぐるぐると回っている。

「……あれ、なに、これ」

体中が痛い。目が痛い。寒い。熱い。痛い。苦しい。痛い。息ができない。

「あっ、あ、なに、私」

自分の体になにが起こったのか、全くわからない。

ただ寒くて痛くて苦しくて、喉になにかがつまって、息ができない。

どさりと、体が床に落ちた。

結構な衝撃があったはずなのに、他人事みたいな感覚だ。体中が痛み、美来は自分の身になにが起こったのか理解できないまま、苦しみのあまり意識を手放す。

「みらい——！」

美来の名を呼ぶキリマの声だけが、耳の奥にこびりついていた。

🐾🐾🐾

——闇の中、高熱に浮かされて働かない頭の片隅で、誰かが話している。

ゆるして、ゆるして、ゆるして……

女性の声だった。誰かに対し許しを乞いながら、無念のまま消えてしまったあの女性だ。八百年という年月を、化け猫に憑依（ひょうい）されて生かされてきた、哀れな存在。

「もっと、もっと、強いやや子に産んであげたかった」

ふいに、見覚えのない光景が広がった。これは誰の視点だろうか、裾の長い着物に身を包んだ黒い長髪の女性が、しくしくと泣いている。

「そなたを苦しませたくないのに。ふがいない母を許しておくれ」

女の手には、小さな手が握られていた。骨と皮しかない、木の枝のような儚（はかな）い手。

――祈祷師（きとう）はなにをしているのだ。

――いや、すでにまじないは終わらせている。もう、手遅れなのだ。

――恐ろしや。鬼の呪いは、かように強いものなのか。

誰かがひそひそと囁（ささや）いている。女と子供を哀れんでいる。

「ゆるして、ゆるして……」

女は日に日に痩（や）せ細る子の手を握っていた。女は無力だった。嘆くことしかできなかった。

ぜいぜいと、衰える肺にか細く空気を吸い込む、悲しい息づかい。粥すら喉に入らないほど衰弱した子供は、餓死と病死のどちらが近いのか。いや、どちらにしても、命の終わりを迎えつつある。

だが、子供のくぼんだ目は爛々と光り、切々と母に訴えていた。

——ゆるさない。ゆるさない。

おまえは嘆くだけだ。涙を流して不運を悔やむだけだ。わたしを助けようともしない。

わたしは、苦しむために生まれたのだ。

わたしは、死ぬために生まれたのだ。

それなら、生まれたくなかった。苦しみ抜いて死ぬしかない生など、なんの価値もない。

おまえをゆるさない。おまえを苦しませたい。くるしめ、苦しめ、苦しめ——

その子供はおそらく、この世に生を受けた時から体が弱く、息をするだけでも苦痛だったのだろう。彼にとって生は辛いばかりのものだった。楽しいことはなかった。

彼の記憶は、病に苦しむ日々しかなかった。

十にも届かぬまま、尽き果てる命の灯火。

死の間際にある我が子に呪い殺されそうなほどの憎悪を向けられた母は、ふと、許しを請うのをやめた。

「そなたは……」

女の目が見開かれる。

やがて我が子の望みを知り、歓喜にも似た笑みを浮かべた。

「そうか、無力な母を苦しませたかったのか。ならばその苦しみ、甘んじて受けよう」

静かな決意。母親という生き物の、子を想う情愛。

「そなたの胸がすくなら、なんでもしよう。それで少しでもその苦しみから逃れられるのなら」

子供は母の言葉を聞いた後、息を引き取る。そして恨みつらみを募らせた魂は、美来の傍までやって来た。いや、美来の『視点の主』のところへ来たのだ。

それは一匹の猫。寝床から動けない哀れな子のために、慰めとして献上された愛玩動物だった。病に伏せる子供が唯一笑顔を見せた、彼の心の拠り所。

魂は飼い猫の中に入り込む。愛らしい茶色の毛並みはまがまがしい漆黒となり、猫は憎しみと呪いを吐き出す猫鬼に変貌した。

女は、そんな恐ろしい光景を目にしながら、静かに佇んでいた。

まるですべてを受け入れた殉教者のような表情で。

猫鬼は情け容赦なく、女の体に憑依する。女は業火に焼かれるが如き苦しみを覚え、もがき、ガリガリと床を引っ掻き、のたうち回った。

——苦しい。痛い。体が熱い！

ああ、これが、我が子が生まれた時から抱いていた苦痛。まさに地獄の炎だ。なんの罪も犯していない清らかな子が受けるべき苦しみではない！

これは、ふがいない母が背負うべき苦しみ。我が子よ、これで少しは気が晴れただろうか？

苦しい。悲しい。辛い。ゆるして、ゆるしておくれ——

女はその日から、亡霊のようにさまよい続けることになる。

憑依した猫鬼がなにをしたいのかもわからないまま。苦しみの八百年を歩むのだ。

美来は、憑依された女の視点で、様々に変わりゆく時代を見つめる。

……チガウ。チガウ。

誰かが耳の奥で囁いた。それは、あのしわがれた猫鬼の声。

チガウ、私ハ……

美来の意識が遠くなる。いや、逆なのかもしれない。これが夢の世界なら、美来の意識は現実へ戻ろうとしているのだ。

私ハ、タダ、苦シミノ無イ体ガ、欲シカッタノダ――

コチコチと、目覚まし時計の秒針が時を刻む。

体は熱いのに芯は寒くて、どうしたらいいのかわからない。

美来はぼんやりと目を開いた。見慣れた天井を見て、ここは自分の部屋なのだと知る。

あの猫鬼になにかされたのは間違いない。熱に浮かされた頭で考えるが、体は全く動かなかった。

「――のよ！　そんなの、だめ！」

耳に届くのは、聞き覚えのある可愛い声。しかし、いつになく切羽詰まっている様子だった。

……ジリン？

声の方向に顔を向けようとしたけれど、指一本動かすことができない。

無理矢理体を起こそうとしたら、全身が筋肉痛になったかのような痛覚が、美来の体を激しく苛んだ。

「うっ……くっ」

思わずうめき声を出し、はあ、と息を吐く。肺を膨らませるだけでも、胸に激痛が走った。

「美来！　……もう、時間切れだ。悠長に悩んでる暇なんてないんだよ」

傍に寄ってきた黒い影。

頬に触れる、柔らかな毛並み。

キリマだ。

「だが、君が——すると、美来は——」

「美来は悲しむだろう。間違いなく、そなたから再び——するはずだ」

モカ、ウバ。

二匹が交互に話している。なにを話しているのか、うまく聞き取れない。

けれど、キリマの声だけははっきりと美来の耳に届いた。

「もし、美来がそうしたら、俺はまた同じことを繰り返すだけだ」

キリマが美来に背を向ける。そして威嚇するみたいに尻尾を立て、耳を低く伏せた。

「だからお願いだ。美来のために止めてくれ。もし、俺の知らないところで……美来を――したら」

ゆらり。

キリマの黒い体から、夜を煮詰めたような漆黒の霧が溢れ出た。モカが目を見開き、ジリンは耳と尻尾を寝かせて後ずさりをする。

「俺は、お前たちを許さない。世界を、人間を、呪い殺してやる」

キリマ。そんなに怖い声を出さないで。いつもの優しいキリマでいて。

かろうじて意識を保ち、美来は心の中で訴える。

そして唯一自由に動かせる目を向けると、そこには黒い毛並みとアイスブルーの瞳を持つ猫、キリマが座っていた。

「キリ、マ」

ようやく出た声は、嗄れきっていた。キリマは美来の頬をぺろりと舐める。

「美来。辛いか、辛いよな。それはあの猫鬼が体に溜め込んでいた、死病の呪いなんだ」

静かにキリマが語る。――死病。つまり、自分はこれから死ぬのだろうか。

「猫鬼は病を体に取り込み、人間に病を振りまく悪鬼だ。俺も、過去はその力を使って多くの人間を病にさせてきた。俺は『そういう存在』だったんだ。ウバがこの世界に出現した時から『神』だったように、俺ははじめから『鬼』だった」

善悪の判断もつかず、本能のまま猫鬼のキリマは病を振りまいた。ウバという猫神に退治されるまで、キリマにはそれがすべてだった。

「滑稽な話だな。人間に災いしか成せない鬼が、まさか人間を助けたいと思う日が来るなんて、愚かにもほどがある。身の程をわきまえろと言うんだ……」

自嘲するように笑うキリマに、美来は笑みを返せない。ヒュー、ヒューと、喉からか細く息が出ていくだけ。

「でもさ、ひとつだけ、俺にもできることがあるって気づいたんだ。こんな俺でも、美来を助けられる唯一の方法を持っているんだってわかって、嬉しかった」

キリマが美来の頬に擦り寄る。柔らかく心地よい肌触り。美来が毎日梳かしている、キリマの艶のある黒い毛並み。

ごろごろと喉を鳴らす彼の、ぬくぬくした温かさが気持ちいい。

それなのに、どうしてこんなにも悲しい気持ちになっているのだろう？

「なあ、美来。俺は美来を助けるためならなんでもやるって決めたんだ。美来に優しくされたから、俺からも優しさを返したいんだ。その方法がこれしかないっていうのも辛いけれど……俺は、後悔だけはしない」

やめて、やめて。キリマ、なにを考えているの。

守らなくていいんだよ。優しさなんて返してもらわなくていいんだよ。

そんなことしなくたって、私は二年前からずっと、キリマからたくさんのものを貰っているんだよ。

そう言いたくて仕方がないのに、口からは声にならない乾いたうめき声がこぼれるだけ。

高熱に、頭がぼうっとする。キリマを全力で止めなくてはいけないのに、指先ひとつ満足に動かせない。

ただ、ゆっくりと首を横に振った。なぜか、目から涙が溢れてくる。

キリマはそんな美来を優しく眺めて、照れたように俯いた。

「なんだろうな、こういうの、口にするのってすごく、恥ずかしい。こんな感情を知ったのも、美来に拾われてからだ。俺、本当に……美来に教えてもらったこと、いっぱいある」

プルプルと首を振って、キリマは決意に満ちた顔で前を向いた。そのアイスブルーの瞳はまっすぐに、そして真剣に美来を見つめている。

「大好きっていつも俺、言ってたけど違うんだ。恥ずかしくて言えなかったけど、俺は美来のこと……」

コクッと喉を鳴らして、キリマは言葉を口にする。

「――愛してるんだ」

告白して、やっぱり照れくさくなってしまったのか、キリマはまた下を向いて、クルクルとその場を回った。「やっぱ言うんじゃなかったかな」などとブツブツ呟いた後、気を取り直して美来の首に擦り寄る。

「だから俺、美来を助ける。誰よりも美来が大好きだから助けるんだ。ちょっとかっこいいって思ってくれたら嬉しいな」

キリマは美来の首に口をつける。すると、体の中で熾(おこ)っていた熱が急激に冷めていった。悪いものが、死病の呪いが吸い取られている。

美来は懸命に「やめて」と言った。でも、キリマはやめない。

「さようなら美来。君が幸せでありますように」

浮き立ちそうなほど体が軽くなる。まるでふかふかの羽布団に落ちたみたいに心地よい。その感覚は安らかな眠気を誘い、美来は気を失うように眠りの世界へ落ちた。

どのくらいの時間が経ったのだろう。

美来は再び目を覚ます。体は全く痛くなくて、頭の中がスッキリしていた。のぼせそうな熱も、震えるほどの寒さも感じない。

ゆっくりと起き上がると、思っていたよりもずっと体が軽かった。

「……私」

ベッドの上に座って、美来は己の両手を見る。

先ほどまでの苦しさが嘘のようだ。美来の体はすっかり元通りの快調さを取り戻していた。

その時、カチャリと部屋の扉が開く。入ってきたのは花代子だ。彼女はベッドに座る美来を見るなり、駆け寄ってきた。

「美来。もう大丈夫なの？　いきなり倒れて、顔を青くして震え出したからびっくりしたわ。ずっとうわごとを言ってうなされていて、心配したのよ」

「お母さん……ごめんね。あれから、どうなったの？」

たくさんのことが一度に起こったせいか、頭の中が混乱している。美来が状況を聞くと、花代子は「なにから説明しようかしらね」と言って、ベッドの脇に座った。

「あなたをここに寝かせてから、保健所に連絡したのよ。桜坂さんにもお手伝いをお願いしてね、飼い主が探している猫ちゃんについては、皆無事におうちに帰ることができたわ」

「そっか……よかった」

「どこで見つけたのかとか、色々聞かれちゃったけどね。ジリンちゃんがいなくなった件で保健所に連絡していたし、猫を探している途中で隠されてた場所を見つけたって、お父さんが必死に言い繕っていたわ」

その時のことを思い出したのか、花代子が軽く笑う。なんせ大量の猫が一度に見つかったのだ。最悪、我が家の犯行だと疑われかねない。かといって、自分たちが目にした摩訶不思議な光景を説明できるわけがなく、源郎は相当言い訳に苦労したのだろう。

「お父さんに悪いことしちゃったな……」

「どうして美来が悪いと思うの？」

「え、いや。その……あっ、えっと、ウバ、とかは？」

カリカリと頭を掻き、話題を変える。

心の声が、いち早く確認しなくてはいけないことがあると訴えている。それなのに、美来は意図的に、そのことを考えないようにしてしまった。

「ウバちゃんたちはね、リビングにいるわよ」

花代子が俯（うつむ）いて言う。ウバの話題になった途端、彼女の表情が陰った。

美来は嫌な予感を覚える。否（いな）、そんな予感など、はじめからあった。

だから考えないようにしていたのだ。現実逃避して、回りくどく現状把握をしていた。本当はまっ先に考えなくてはいけない『彼』のことなのに、知りたくなかったのだ。

……だって、知ってしまったら。

「キリマちゃんがね、酷く衰弱しているの」

こんなにも、絶望が待っている。

第八章　絶望にあがく、美来の決意

雷は去ったが、雨はまだ降り続けていた。ざあぁ、ざあぁ、と、黒い空から落ちる雨音は、やむ気配がない。

リビングの端に、彼らはいた。ウバとジリンとモカ。三匹はクッションを取り囲んで、神妙な様子で俯（うつむ）いている。

近づくと、モカとジリンが振り向いた。そして美来は見てしまう。

――丸いクッションに寝かされ、微動だにしないキリマの姿を。

「美来」

ウバが顔を上げる。その表情は、見るからに落ち込んでいた。

「皆……キリマは、どうしたの？」

美来が聞くと、モカが言いづらそうに口を開く。

「キリマは、美来の死病を取り込んでしまったんだ」

その説明を聞いて、やはりあの記憶は夢ではなかったのだと知る。みんながなにかを話し合って、そしてキリマが美来の首に口をつけた瞬間、苦しかった体が楽になった。きっと、ウバから返してもらった猫鬼の力を使ったのだ。

「こやつの力はまだ完全ではない。病をその身に取り込むしかできないのだ。それでも本来のキリマなら問題ないのだが、今のこやつは……」

モカに続いたウバが、言葉の途中で俯く。するとジリンが美来の横に立ち、はっきりと言った。

「キリマの体は死病にむしばまれていて、このままだと滅びてしまうのよ。キリマの体はね、まだ死病に耐えられない。そこまでの力は戻っていないのよ」

「そう……なの」

美来は無気力に相づちを打ち、横になったキリマの腹を撫でた。柔らかさと温もりを感じて、彼がまだ生きていることにほんの少し安堵する。しかしその息遣いはか細く、今にも呼吸を止めてしまいそうで、とても恐ろしい。

「ウバの力で、キリマの力を完全にすることはできないの？」

キリマが猫鬼の力をすべて手にすれば、彼は死病に冒されることはないのだ。藁にも縋る思いで聞くと、ウバが首を横に振る。「やっぱりそうなんだね」と美来は力なく呟いた。

そんなことができるなら、ウバはすでにやっているだろう。できないから、キリマを囲んで途方に暮れていたのだ。

「今のわらわでは、せいぜいキリマの取り込んだ死病を誰かに移すくらいの力しか戻せないのだ。すまぬな」

死病を、移す。

それはつまり、キリマを助けるために誰かを犠牲にしなければならないということか。

美来は一瞬もためらわず自分の胸を叩いた。

「私が――」

「ダメよ。あたしたち、美来には絶対に戻すなって、キリマに言われたの」

美来の言葉に割り入ったジリンが断言する。そして、モカは静かに彼女をたしなめた。

「美来、よく考えるんだ。君に死病を移したところで、キリマは同じことを繰り返すだけだ。それではあまりに意味がないと思わないか？」

「それは……そう、だけど」

不満そうに眉間に皺を寄せながらも、美来は「確かにモカの言う通りだ」と思った。

キリマなら、死病を美来に戻したところで、再び取り込もうとするだろう。

延々と死病のキャッチボールをするだなんて、ナンセンスだ。しかし、美来にはそれしか方法が思い浮かばない。

自分ではない別の誰かに死病を移すなんて、非道極まる行為だ。できるわけがない。

キリマもそれは望んでいないだろう。

それなら、どうしたらいいのか――

「と、とにかく……まずは、病院に行こう。お医者さんなら、死病の原因がわかるかもしれないから」

「しかし、原因がわかったところで、医者にどうにかできるものではないぞ」

「それでも、こうやって手をこまねいているよりはマシだよ！」

絶望的になっているウバに向かって、美来は大きな声を上げる。

どんな手を使ってでも、キリマを助けるのだ。医者に診てもらえば、いい治療方法を教えてくれるかもしれない。

いくらかけてもいい。キリマを救うためならなんでもやる。

美来はキリマをブランケットで包んでケージの中に入れると、雨の中を飛び出した。


行きつけの動物病院に到着して、美来は受付を済ませる。悪天候というのが幸いしたのか、キリマの他には誰も患畜はいなかった。早速キリマの診察が始まり、美来が固唾（かたず）を呑んで待っていると、獣医が戸惑いの表情を浮かべる。

「うーん……」

「ど、どうでしょう。キリマは、治りますか？」

「んー、ちょっと、待ってくださいね」

険（けわ）しい顔をした獣医は他のスタッフを呼び、なにか相談を始める。そして美来に向かって「血液採取をしたいのですが、構いませんか？」と切り出した。

「わかりました。お願いします」

美来が了承すると、早速血液検査が行われた。しばらくして、獣医はやはり困った様子で顔をしかめる。

「すみません。僕は獣医になって長いほうですが、これは初めて見る症状です」

「どういうことですか？」

「僕自身、信じられないという思いなのですが、その」

獣医は説明の途中で言いあぐねる。美来ができるだけ傷つかないように、言葉を選んでいる様子だ。しかし、他に言い方がないと思ったのか、厳しい顔を向ける。

「申し訳ありません。僕には、いや、現在の医療技術では、キリマくんを助ける手立てがありません」

ぐらりと地面が歪（ゆが）んだ気がした。

美来の足がよろけて、そのまま力を失う。かくんと膝が落ちて、床に座り込んでしまった。

助ける手立てがないということは、キリマは助けられないということだ。その身に取り込んでいる死病をどこかに移さない限り、彼は助からない。

キリマの命はあとどれくらい保つのだろう。一日？　それとも、明日の朝日を拝むこともできないのか。

どうしたらいい。時間がない。美来は懸命に考えた。

死の足音が近づいているのを感じながらも、耳をふさいで必死に頭を働かせる。

絶対に絶望したくない。涙が浮かぶが、首を横に振って我慢する。

泣いている暇があったら、考えるんだ。キリマの死病を消す方法を。

床に座り込む美来を見て、獣医は言葉を失っていた。美来がキリマを可愛がっていることをよく知っている彼は、美来が悲しみに打ちひしがれていると思っているのだろう。

「……鹿嶋さん、こんなことを言うのはとても残酷かもしれませんが、キリマくんの苦しみを少しでも和らげるために、僕は提案を……」

「あっ！」

美来は脳裏にひらめくものを感じて、ガバッと顔を上げた。獣医が驚きの表情を浮かべる。

「先生、すみません、いくつか確認したいのですが、いいですか？」

「あ、はい」

キリマがその身に取り込んだ死病について、美来が思いついたことを聞くと、彼は「ええ」と頷いた。

「鹿嶋さんの仰る通りですよ。これは、ありえないことです。いや、あってはならないと言えるでしょう。キリマくんの症例が他でも発生していたら、とても恐ろしい話です」

獣医は深刻な顔をしながら、正直な所感を口にする。

やはり、そうなのだ。なぜならキリマは猫鬼。普通の猫と違うのは当然だった。

「じゃあ、これはもしもの話ですけど……」

美来はもうひとつ、獣医に相談する。その内容は突拍子もないものだったが、彼は真剣な顔をして聞いてくれた。

「そうですね。そんな方法があるとは思えませんが、鹿嶋さんの仰った方法なら、治せるかもしれません。……私は、専門外ですけどね」

「いえ、十分です。ありがとうございます」

美来はお礼を口にして深々と礼をする。そして、早速帰り支度を始めた。動かないキリマをブランケットで包み、ケージに入れる。

その様子を見ていた獣医は、少し戸惑った表情で声をかけてきた。

「あの、これからどうするつもりなんですか？　これは僕の意見ですが、キリマくんをここから出すのは非常に危険だと思います」

「はい、先生の気持ちはよくわかります。でも、大丈夫です」

美来のはっきりした返事に、獣医は首を傾げる。

「心配なら、明日またキリマを連れてきます。その時には、キリマは治っていると思いますけど」

「……どういうことでしょう。話が見えないのですが」

獣医の言葉に、美来は「そうですよね」と苦笑いするしかなかった。だって、どう説明すればいいのだ。キリマが実は化け猫なんですなんて、言えるわけがない。

だから美来は、彼を安心させるように笑顔を見せた。

「明日になればわかりますから、今日だけは私を信じてください。……もっとも、明日は私、来られないと思いますので……母か父が連れてくるはずです」

そう言って、ぺこりと頭を下げると、美来は会計を済ませて動物病院を後にする。

美来の心はもう、決まっていた。

いや、今できる最善の方法は、これしか思いつかないのだ。キリマに時間がない以上、悩んでいる暇もない。

家路につきながら、美来は『もしも』を考えた。

もしも、これがうまくいかなかったら、キリマはもちろん、両親も、ウバも、ジリンもモカも悲しむだろう。

キリマは己を責めるかもしれない。美来自身にも、恐怖はある。

なにしろ『一度体験した』のだ。あれを再び味わうと考えると、傘を持つ手が汗ばみ、前に進むのがとても怖くなる。

自殺行為に等しいと、誰よりも美来が理解していた。

それでも、とギュッとケージを抱きしめる腕に力を籠める。そして家に戻った美来は、心配そうな顔をして駆け寄ってくるウバたちに、これからのことを説明した。

楽天的な性格をしているジリンは「いい案じゃない！」とあっさり美来の味方をする。だが、思慮深いモカと、ややネガティブな性格をしているウバは眉間に皺を寄せ、むむぅと唸った。

「僕はジリンほど前向きな返事はできないな。何事にも『絶対』はない。不慮の事故や予期せぬ不幸の可能性はある。事は慎重に進めるべきだと思うぞ」

モカがしかめ面で言うと、即座にジリンが反論する。

「今のキリマを見て、そんな悠長な時間があると思う？　もう、目も開けないほど衰弱しているのよ」

「それはわかってるけど！　でも、それで美来が助からなかったら本末転倒だ。残されたキリマの悲しみを想像すると、簡単には頷けない。……美来の病を吸い取るって決意した時のキリマの願いを、ジリンも覚えているだろう」

　モカの言葉に、ジリンは「それはそうだけど」と拗ねたように顔をそむけた。

「……わらわも、美来の提案には反対じゃ。何故なら、これはキリマが決めたこと。そして、キリマの願いをわらわたちは聞き入れたのだ。約束を反故にはできぬ」

　低く、しわがれた声で、ウバが厳かに言う。

　目に見えて落ち込む美来に、ウバは「すまぬな」と静かに謝った。

「キリマの死病が人間の治療によって治せるのなら……と思ったが、やはり、そううまくいくわけがないか。キリマの願いはな、己が滅びようとも美来には生きてほしいというものだった。ゆえに、絶対に死病を移すなと言われたのじゃ」

　――この病は、俺が地獄に持っていくから。

　そんなことを言って、死病を取り込んだキリマは倒れた。ウバたちは、見守るしかなかった。何故なら、他に美来を救う方法がなかったからだ。

美来か、キリマか。ふたつの命を秤にかけて、キリマの意思を尊重した。

ウバは、命をかけて好きな娘を助けたいという、彼の決意を守りたいのだ。九割の希望に縋って彼との約束を破り、一割のリスクで美来を失ったら、どうなるというのか。

ウバが美来を金の瞳で見つめて、訴える。

「美来を守り切れなかったら、キリマは絶望する。その果てに待つものは不幸しかない。鬼は人間と違って、簡単に死ねないのだ。絶望が怨恨と化し、呪いを振りまく悪鬼に変貌する可能性もある。そうなれば、多くの人間が苦しむことになるだろう」

憎しみや苦しみの力がどんなに強いものか、美来はすでに理解している。

あの黒い霞と消えてしまった猫鬼。彼の元になった人間の子供は、その虚弱な体にすさまじいほどの恨みを秘めていた。負の感情というものは、美来が思うよりもずっと強く、恐ろしい力を持っているのかもしれない。

しかし、だからといって「はい、わかりました」と言えるほど、美来は聞き分けがよくなく、また、諦めてもいなかった。

ゆっくりとキリマの腹を撫でる。先ほどよりも衰弱が進んでいるのか、再びクッションに寝かされたキリマは、呼吸を殆どしていなかった。

目を瞑って、気を失ったように脱力している。

時間がない。ウバやモカの言っていることも理解できるが、美来は納得できない。

「キリマの願いを聞き入れようとしてくれたウバたちは、とても優しいと思うよ。でも、それなら私はどうなるの？　私を失えばキリマは絶望すると言ったけれど、私だって同じなんだよ」

キッと三匹を睨みつける。ジリン以外の二匹が、たじたじと後ずさった。

「私にとって、キリマを失うというのは、想像もしたくない絶望なの。その苦しみを一生背負うことになる。そんなの、嫌だよ！」

美来の言葉に、ウバはハッとした顔をして俯いた。モカはようやく美来の気持ちに気づいたのか、ばつが悪そうに耳を寝かせる。

人間の一生というのは、化け猫や神に比べれば一瞬の如き短さなのかもしれない。

それでも、美来にとっては長い道のりなのだ。

大切な存在をなくした人間は、その傷をごまかすことはできる。時間をかけてかさぶたを作り、痛みを忘れることはできる。だが、傷自体を消すことはできない。

何度も何度も、かさぶたを剥がして血を流し、痛みを思い出すのだ。

やがてその痛みに慣れた時が、人間にとって『悲しみを乗り越えた瞬間』なのだろう。

いずれ、美来は大切な存在を亡くす日がくる。

生きる以上、死の別れからは逃れられないものだ。その覚悟くらいはしている。だけど、それは今じゃない。

美来は真剣に、ウバを見つめた。ウバはチラチラとこちらを見ては、決まり悪そうに目をそらす。

「ウバ、あなたが前に言ったこと覚えてる？」

「ま、前……？　なにか、言ったかのう」

「ウバはね、私に拾われたお礼をいつかするって言ったんだよ」

ウバが初めてキリマとジリン、モカに、化け猫としての力を少しだけ返した時、神としての力を取り戻したウバは、美来にそんなことを言ったのだ。

「あの約束を、今ここで叶えてほしいの」

「だ、だが」

「キリマの約束より、私との約束のほうが先だったよ。だから、優先順位は私のほうが上！」

「そ、そんな無茶苦茶な。美来よ、それは屁理屈というのだぞ」

じりじりと後ずさりしつつウバは反論した。しかし美来はなおもズズイと前に出る。その鬼気迫った表情に、ジリンが「美来、顔が怖いわよ」と呟いた。

だが、美来だって必死なのだ。まさに神頼み状態である。

「お願いウバ。取れる手段はすべて取るつもりだよ。ちゃんと事前に準備を済ませておけば、リスクは下がるはずだから。私は無謀なことをしようとしているわけじゃない。……キリマみたいに、自ら犠牲になるつもりもない」

言いながら、美来はクッションに横たわるキリマを見下ろす。そして、彼が最後に口にした言葉を思い出した。

――君が幸せでありますように。

馬鹿。あなたを失って、私が幸せになれるわけがないじゃない。

心の中でそう呟き、四つん這いでジリジリとウバに詰め寄る。とうとうウバは壁の隅まで追いやられてしまった。

「言っとくけど、私はね、キリマを犠牲にして、悲しいけどいいヤツだったね、なんて美談で終わらせるつもりは全くないの。キリマを助けて、私も助かる！　皆で幸せになるの。それが私にとっての幸せなんだよ」

ウバとキリマのどちらに向かって言っているのか、もはや美来本人もよくわかっていない。その時「あははっ」と明るい声が後ろから聞こえた。

「美来、それはさすがにおかしい！　笑っちゃうわ。大人しい顔して、なんて強欲なの」

「た、確かに酷い強欲だ。あれも欲しいこれも欲しいと、だだをこねてる子供と何ら変わりない」

モカも呆れた声で言う。だが、美来は真剣だ。「なによっ」と口を尖らせる。

「キリマのいない生活が幸せなわけないじゃない。いつか別れが来るとわかっていても、それは今じゃないはずだよ」

「そうね、その通りだわ。あたし、美来の欲深さはとても好き。人間らしくていいと思う。それに、キリマを綺麗な思い出にするなんて、やっぱりごめんだわ」

ジリンはタタッと走って、美来の膝に乗る。するとモカも傍にやって来て「それには同意だ」と頷いた。

「あいつはクールぶってるくせに美来にめろめろで、情けないところもあるのに格好つけで、僕から言わせると実にダサいヤツなんだ。それを、いいヤツだったなんて言いたくない」

「そ、それはさすがに言いすぎではないか？」

ウバが戸惑ったように突っ込むが、二匹とひとりに迫られて、「うぅ」と唸る。そしてプルプルッと首を振ると、突然威嚇するように尻尾を立てた。

「わ、わらわだって、このままキリマと別れるなんて嫌じゃ！　せっかく仲良くなれたのに、もう消えてしまうなんて嫌じゃ！　わらわも本当はキリマを助けたいんじゃもん！」

それは孤独だった猫神の本音だった。

彼女は退治した化け猫を神使として従えていたが、誰もウバを慕っていなかった。

ただ、強力な神の力によって自由を奪われていただけ。

そんな彼女がすべてを失って、大切なものを得たのだ。手に入るはずがないと諦めていたものをやっと手にしたのに、それを手放すなど、辛いなんてものではない。

「……わかった。キリマに返技(へんぎ)の儀を行おう」

「ウバ」

美来がぱあっと明るい顔をすると、ウバは神妙な表情で見上げる。

「美来よ、約束してくれ。この世の中に絶対なんてものはない……それはわかっていても、大丈夫なのだと、わらわを安心させてほしい」

本当は心配で仕方ないのだろう。ウバの不安を受け取って、美来は優しく彼女の頭を撫でる。

「大丈夫。私、体力と丈夫さだけには自信あるからね」

「そういう問題なのか」

「そういう問題でしょ」

クスクス笑うと、ウバはやっと肩の荷が下りたとばかりに「やれやれ」と首を横に振った。

「あんまり安心できんが、今はそれが関の山じゃろう」

『絶対』を約束できない。

それは、何事に対してもそうなのだろう。

どんな事柄にもエラーは存在する。予期せぬ事態というものは、必ずある。

それをわかっていても「大丈夫」という言葉に安心したくなるのはどうしてなのか。

美来はそう考えながら、ウバを、そしてジリンとモカを見つめる。

……きっと、信じたいからだ。素敵な未来を。幸せな明日を信じたいから、根拠のない「大丈夫」に縋りたくなるのだ。

「じゃあ、先に用意してくるね」

「わかった」

ウバが頷き、美来は早速行動に出る。部屋に戻って旅行バッグに必要なものを詰め込み、玄関に置いた。それから両親を探しにいく。

父と母はカフェの店内にいた。桜坂もカウンター席に腰を下ろしていて、行き場のない猫たちが思い思いの場所でくつろいでいる。

「ああ、美来、動物病院に行ってきたんだろ。キリマはどうだった？」

「美来ちゃん！　あなた倒れたって聞いたけどピンピンしてるじゃない。それで次はキリマちゃんが衰弱してるって聞いたけど、一体全体なにがどうなっているの？」

迷い猫の飼い主探しに、警察や保健所との連絡で、両親も桜坂も手一杯だろう。それに加えて美来が倒れたり、かと思えばキリマが倒れたり。

事態の呑み込めない大人たちは、化け猫たちのいざこざに巻き込まれて混乱している。そのことを申し訳なく思いながらも、美来は爆弾発言を口にした。

「ごめん。今は時間がなくて、要点だけ言うね。私、これから病気で倒れるから、ごめんなさい！」

「……は？」

両親と桜坂の目が、点になった。

「いやいやいや、なに言ってるんだ。病気で倒れる？　美来、なにか病気にかかったのか？」

源郎が慌てた様子でカウンターから出てきて、美来の額に手を当てる。しかし今の美来は平熱だ。

「まだかかってないよ。これからかかるの。それで、一応身の回りの服とかお泊りセットを鞄に詰めて玄関に置いたから、それを持たせてほしいの」

「ちょっと待ってくれ。俺には美来がなにを言っているのか全くわからない。頼むから説明してくれ。さっきのユーレイ女といい、消えた黒猫といい、この迷い猫の山といい、俺にはなにがどうなっているのかさっぱりわからねえんだよぉ！」

　源郎がキレてしまった。

「おまけにキリマやウバが言葉を話していなかったか？　さすがに気のせいだよな？　気のせいだと言ってくれーっ！」

　頭を抱えて叫んでいるが、その気持ちは美来もよくわかる。

　だが、どう説明したらいいものか。そもそも、どこから説明するべきなのだろうか。そして、そんな悠長な時間はあるのだろうか。いや、ない。

　美来が焦っていると、キャットタワーの近くで猫に囲まれていた花代子が、おっとりした口調で声をかけてきた。

「いいわよ～美来。今はあなたの言う通りにするから、行ってきなさい」

「……え？」

　美来が花代子に顔を向けたところ、彼女は膝に猫を乗せて優しく撫でていた。

「キリマちゃんを助けるんでしょ？」

「……お母さん」

その通りなのだが、どうして母がキリマの事情を理解しているのか。まさか、キリマたちが猫ではなく化け猫の類なのだと知っているのだろうか。

花代子は感情の読めない穏やかな表情で、美来を見つめる。

「時間がないのよね。救急車は、私から連絡しておくわよ」

「あ、ありがとう。じゃあ、このメモを渡しておくね」

美来は花代子にメモを渡す。そこには獣医から聞いた話が箇条書きで記されていた。

「おーい！　俺にもわかるように教えてくれー！」

「あたしも～」

桜坂が手を振り、源郎は美来の目の前でわめく。すると花代子は「後でね」と笑った。

「お母さん、私」

美来はギュッと服を掴む。この心に渦巻く感情は『不安』だろうか。なにもかも見透かしていそうな母を前に、怖くなってしまった。自分の判断は間違っていないだろうか。……失敗、しないだろうか。

彼女は近くに寄ってきた猫の頭を撫でながら、美来に明るい笑顔を見せた。

「大丈夫。美来の取柄は、可愛いお顔と、丈夫な体よ」

「か、かわっ、そ、それは今、関係ないよね！」

「ふふ、あなたはお母さんの子供だから安心しなさい。私の取柄も、元気で頑丈なところよ」

そう言われて、美来は目を丸くする。

よくわからないけど、母はすべてを理解している。その上で、美来を送り出してくれるのだ。

普通なら、親として止めるべきところである。少なくとも源郎は、事情を聞けば絶対に反対するだろう。何故なら、源郎にとって美来は娘だから。

子供を心配しない親はいない。それは花代子も同じ気持ちのはず。だが、その上で花代子は、美来を励まし、頑張れと応援してくれた。

なによりも、美来を信じているからだ。その信頼には絶対に応えたい。そして、キリマを助けたい。

美来は大きく頷き「行ってきます！」と、めいっぱいの笑顔を皆に向けた。

そしてリビングに戻り、ウバが厳かに儀式を執り行う。

寝かされたキリマを取り囲むように、三匹の化け猫は神妙な様子で座った。

ウバの柔らかな白い毛がきらきらと白金に輝くと、小さなシャボン玉のような光が辺りに散らばった。黙ってキリマを見つめるウバの黄金色の瞳の中に鮮やかな虹色が浮かんでいて、ウバは『神様』なのだと、美来は改めて実感する。

やがてきらめく雫がジリンとモカ、そしてキリマに優しく降りかかった。美来は自分でも気づかぬうちに拳を強く握りしめ、幻想的な儀式をじっと見守る。

変化は、ほどなく現れた。

キリマの体から黒い霧が噴き出し、彼の周りで渦巻く。見ているだけでおぞましいそれは、死病の呪いだ。

「……キリマが取り込んだ死病の呪いはな、自動的に近くにいる人間へ襲いかかる。わかるか、美来」

ウバの低い声に、美来は静かに頷く。この部屋には今、美来しか人間がいない。つまり目の前の呪いは、自分しか受け止める者がいないということだ。

ジリンが横目で彼女を見た。

「キリマに意識があれば、その力も自由に扱えたんでしょうけど、今は衰弱しきっていて、殆ど暴走状態よ。ほんと、つくづく無茶をするものだわね」

「こいつ自身の生存本能が、己を生かすために呪いを吐き出そうとしているんだ。ゆえに、キリマは僕たちに、死病を美来へ移すなと言った。一度死病にむしばまれてしまえば、その呪いが制御できなくなると理解していたのだろう」

そう、キリマはもう気を失っていた。

だから、呪いを人間に移して自分を助けようとしている。キリマの意思に関係なく、彼自身の『生きたい』という気持ちがそうさせてしまう。

美来は、キリマの生存本能に感謝した。

彼はまだ心の奥で諦めきれていないのだ。己の滅びを受け入れられないから、生きたいという本能が働いている。

すべてを諦め、滅びの運命を享受したわけではない。自己犠牲のつもりで美来を助けたわけではなかった。ただ、美来を助けるにはそれしかなかったから、その手段を取っただけ。

「キリマ」

身も震えそうなほどおどろおどろしい姿をした死病の呪いを前に、美来は両手を広げた。

「今度は、私があなたを助ける。あなたがくれた優しさを、私も返すよ」

呪いが美来に襲いかかる。美来は奇しくも八百年前、我が子の妄執を受け止めたひとりの母と同じ表情を浮かべていた。

呪いは無慈悲に美来の体に吸い込まれる。燃え盛る病の渦は、美来の体を焼き尽くそうとする。

身を焦がされているのに、体の芯は凍えそうなほどに寒くて、息のできない苦しさと、体中をイバラが這いまわるような激痛が走る。

美来はよろけ、がくりと膝を打ち、倒れた。

一度目はなにがなんだかわからないまま、混乱しつつ苦痛を感じていた。でも、二度目は違う。

この痛みも、苦しさも、すべて理由がわかっているから、耐えられる。

「美来！」

ウバが美来の傍にやって来て、ジリンとモカは真剣な瞳で彼女を見守った。

ここからが勝負なのだ。美来は皆と幸せになるために、己自身というチップを賭けた。ならばウバたちは行く末を見届けるしかない。

これは、美来の選択なのだから。

苦痛を我慢しながらも、気が遠くなる中、サイレンの音が耳に入ってくる。

「大丈夫……。皆、キリマに伝えておいてね……」

はっ、はっ、と短く息を刻み、美来は囁（ささや）くような声で三匹の猫たちに訴えた。

「私はちゃんと帰ってくるから、いい子で待っているんだよって」

サイレンの音が最大限に大きくなったところで、ふいに音が止まる。ほどなく、バタバタと複数の足音が聞こえてきた。花代子が美来のもとへ案内しているのだ。

「キリマは寂しがり屋だから、絶対、ひとりぼっちにさせないんだから……」

バタン、と花代子がリビングの扉を開いた。化け猫たちは一斉にただの猫のフリをする。

救急隊員によってタンカに乗せられた美来は、心配そうな顔をする花代子の手を握って見つめた。花代子は美来の強い意思をくみ取り、大きく頷く。

「大丈夫よ、美来。私も行くからね」

「うん……ありがとう。お母さん」

息をつく暇もなく、美来は救急車に乗せられ運ばれる。同席した花代子が先ほど受け取ったメモを取り出してなにか話しているが、美来にはもう聞こえない。

わんわんとサイレンの音が鼓膜へ響く中、美来はとうとう意識を手放した。


ぽつ、ぽつ。

白い部屋の中、美来の意識がゆっくりと覚醒する。

ぽつ、ぽつ、ぽつ。

視界の端に見えるのは、細い管に一滴ずつ落ちていく水滴だった。働かない頭で考えて、ようやくそれが点滴なのだと理解する。

「……ここ、は」

無意識に体を起こそうとして、そんな力はどこにもないと気づく。仕方ないので目だけを動かして辺りを見ると、美来は薄紅色のカーテンに仕切られたベッドの上に寝かされていた。

どうやらここは病院らしい。大部屋の中の一スペースといったところか。

ふぅ、と息をついて白い天井を見つめる。

自分は助かったのだろうか。それとも未だ闘病中なのだろうか。

全身をかけ巡るような痛みや苦しさは感じない。ただ、体に力が全く入らない。

事態が好転しているような、していないような。

美来がぼんやりと考えていると、視界の端に人影が見えた。

「お母さん？」

声を出して、視線を動かす。すると、そこにいたのは――

白装束を身にまとった少年。

彼の姿には覚えがあった。それは夢の中で見た、死の間際にあった子供だ。彼はもう憎しみの表情を浮かべておらず、ただ静かに佇(たたず)んでいる。

「君は……」

呟くと、少年はまっすぐに美来を見た。彼の足元で、にゃあんと鳴き声がする。

「――」

少年はなにかを口にした。しかし、透明な壁が阻(はば)んでいるかのように、彼の声は聞こえない。唇の動きからして「ありがとう」だろうか。

少年は一方的に美来へ言葉を伝えた後、ゆっくりと後ろを向く。

その先に、あの女性が現れた。彼女は慈愛に満ちた笑みを浮かべて少年の手を取り、美来にぺこりと頭を下げる。

ふたりは、ふわりと消えた。そして、再びニャーと可愛らしい猫の声がする。

美来が最後に見たのは、あの禍々しい姿と打って変わった、愛らしい茶虎の猫だった。猫は美来に向かって目を細めると、少年と母親と同じように白く溶けて、消えた。

二週間後――

美来は迎えに来た母と共に医者に挨拶をして、病院を後にする。

今日は美来の退院日だ。空は晴れやかなスカイブルーで彩られている。

「皆、首をなが～くして待ってるわ。桜坂さんも美来のお迎えがしたいって、わざわざお店を休みにしてきてくれているのよ」

「ええっ？　そこまで気を遣わなくてもいいのに。桜坂さんって、本当に面倒見がいいんだから」

車を運転する花代子の隣、助手席に座った美来は「桜坂さんにお礼しなきゃなあ」と呟く。彼には、それ以前はもちろん、あの猫鬼騒動が始まった時にもなにかと世話になっているのだ。

花代子はくすくすと笑って、赤信号で車を停める。そして、チラりと美来を横目で見た。

「さすがに、痩(や)せたわね」

「ほっぺ、こけてない？　痩せるのは嬉しいけど貧弱に見えるのは嫌だなあ」

「大丈夫。前よりもスタイルがよくなったわ。でも、お母さんのごはんですぐに元の体形に戻っちゃうかも～」

「そ、それはちょっと複雑……かな」

むむうと顔をしかめると、花代子は明るい声を出して笑った。

「これだけ話せるならもう問題ないわね～。一時は本当に危なかったもの。お母さんは信じていたけど、それでも心配したわよ。お父さんなんか目を白黒させて卒倒したからね」

「お父さん、心配症だもんね」

悪いことをしたな、と美来は思った。自分で決めたことだから後悔はしていないけれど、父にはずっと心配をかけ通しだった。融通(ゆうずう)が利かなくて、普段はムスッとしていて、少し怒りっぽいところがあるけれど、父はとても心優しい人間だ。そして、ちょっと打たれ弱い。

「しばらくの間、激しい運動は控えること。お薬を飲んで、栄養のあるものをいっぱい食べて、家で大人しくしてなさいね」

「はい」

美来が素直に返事をすると、花代子は「よろしい〜」とのんびり言ってアクセルを踏む。家までもうすぐだ。美来は、今のうちに話しておこうと、花代子に顔を向けた。

「お母さん」

「な〜に?」

運転しながら答える花代子に、美来はもじもじとスカートの裾を弄(いじ)った。

「あのね、お母さんは……キリマたちのこと、どこまで知っているの?」

勇気を出して尋ねる。これが聞きたかったのだ。入院前、美来が決意を口にした際、花代子は理解してくれた。絶対に理解されないだろうと思っていたのに、笑って励(はげ)ましてくれた。

あの時に感じた疑問の答え合わせがしたい。美来の質問に、花代子が「ふふ」と軽く笑う。

「どこまでかしらね？」

「ええ～」

「うそうそ！　そんなしょげた顔しないで。お母さんが知ってるのは、せいぜい『美来の猫ちゃんたちがお喋りする』くらいのものよ。他のことはサッパリわからないわ」

花代子の種明かしに、美来は「やっぱり」と納得した。

キリマたちが言葉を話すことを、花代子は知っていたのだ。彼女は「当然でしょ～」と軽い口調で言う。

「家族なんだし、それくらいはわかっちゃうわ。同じ家に住んでいるんだしね」

「隠してたつもりなんだけどなあ」

「美来は元から隠し事が得意じゃないもの。それに、普通に部屋の外からも皆の話し声が聞こえていたしね。ジリンちゃんなんか、綺麗な声だからよく通るのよね～」

「おお……そうだったんだ……」

どうやら、美来の部屋でのお喋りは筒抜けだったらしい。美来は額（ひたい）に手を当てる。

「でも、お母さん。それでなんとも思わなかったの？　普通は怖がったり、気味悪がったりするものだと思うけど」

「全然！　むしろワクワクしたわ。うわ～うちの猫喋っちゃうの？　すご～い面白～いってね」

花代子が楽しそうに話す。美来は苦笑いするしかない。

「あはは……、なんだかこんなところで、私はお母さんの娘なんだなあって実感するね」

なにしろ、美来自身もそうだったのだ。キリマやウバが話したのを見て、最初に感じたのは胸の高鳴り。飼い猫とお話しできるなんて夢みたいだと、嬉しさに心が沸き立った。

「美来が病院に行ってからね、キリマちゃんはすぐに元気な体を取り戻したの。でも、美来がいないことに気づいて、せっかくの元気がみるみるなくなっちゃったわ」

キリマの様子を聞いて、美来の胸がちくんと痛む。彼は自分を責めたかもしれない。そして約束を破ったウバたちに怒ったかもしれない。

しかし花代子は明るい口調で話を続ける。

「だから私、言ったのよ。美来は病院でちゃんと治療を受けているから安心して待ってなさいって。あと、私はあなたたちがお話しできることを知っているから、普通の猫のフリはしなくていいわよってね」

美来は目を丸くする。まさかそんなことまで話したなんて。

「ウバちゃんたちはもちろんビックリしていたわ。でも、はじめに人懐こいジリンちゃんが話しかけてくれてね、それを見て、モカちゃんやウバちゃんも声をかけてくれた。キリマちゃんだけは、なかなか話してくれなかったわね」

「……そうなの？」

意外な気もする。キリマは最初こそやさぐれていたものの、今はとても愛想のいい猫なのに。美来がそう考えていると、花代子はくすりと小さく笑う。

「キリマちゃんはね、あなたにしか懐いてないのよ」

「そ、そうだったんだ」

美来は驚いた顔をして花代子に顔を向けた。なんだか妙に照れくさい。

「初めて話しかけてくれたのは、私が美来のお見舞いから帰ってきた時。ウバちゃんたちがお父さんをからかってた時にね、コソッと私の傍（そば）に来て『美来の様子はどうだった?』って聞いてきたの」

その様子は、美来にも容易く想像できた。照れ屋なところもあるキリマは、皆がいる前で美来のことを聞くのが恥ずかしかったのだろう。

花代子もキリマとのやりとりを思い出しているのか、穏やかな目をしている。

「あの子、本当に美来を大切に想っているのね。結局、キリマちゃんが私に話しかけてきた話題は、全部美来に関することだった。美来は元気か? 病院ではどうしてる? どんな話をしてきた? ってね」

「あはは、なんだかキリマらしい」

「そうね。もしかすると、一番心配していたのはあの子なのかもしれない。ちゃんと元気な姿を見せてあげるのよ」

そう言って、花代子はガレージに車を停める。二週間ぶりの我が家だ。美来は「うん」と頷いて車を降りた。

花代子が先導して、カフェの扉を開く。

そして美来が店内に入った途端、スパーンとクラッカーが鳴った。びっくりする美来の腹に、突然巨大な白い弾丸が勢いよく撃ち込まれる。

「ごはっ!?」

病み上がりの体では耐えきれず、美来はよろよろとたたらを踏む。すると、花代子が後ろから支えてくれた。

「こらこら、美来がまた倒れちゃうわよ～」

「美来よーっ！　ようく無事で戻ってきた。えらいぞ。褒めてつかわすぞ。そなたはよくやってくれた。本当によく頑張ってくれた。わらわは、わらわはーっ！」

美来の腹に抱き着いているのはウバだった。米袋ほどの重さのウバを抱いた美来はカフェの床に座り、なおも膝の上で泣くウバの頭を優しく撫でる。

「ただいま、ウバ。とっても元気そうだね。私も、ちゃんと病気を治してきたよ」

「うむ、うむ。よかった……美来を信じて、本当によかった」

ウバは柄にもなく声を震わせていた。すると「大げさなんだから」と呆れた声が隣から聞こえる。

美来が座ったまま横を見ると、そこにはジリンが行儀よく座っていた。

「おかえりなさい、美来」

「ただいま、ジリン」

「ウバったら、毎日鬱陶しいったらなかったのよ。美来は大丈夫じゃろーか、わらわは大変なことをしてしまったのじゃろーか、って。メンドクサイ神様よね、禿げるわよ」

「禿げんもん！　わらわは元から心配性なのだ！」

ジリンがウバの口真似をして、ウバがクワッと怒り出す。その時、涼しげなモカの声が近づいてきた。

「おまけに悲観主義だ。しかもメンタルが源郎並みに弱くって、美来を心配するあまり、そのフワフワ白毛が枯草の如く萎びていた。まったく……ウバはもう少し前向きになりたまえ」

「ほっとけ、うるさいわい」

美来の膝にごしごしと顔を擦りつけながらウバが減らず口を叩く。

なんというか、二週間前と全く変わらない三匹だ。美来は思わず笑顔になってしまう。

「モカも、ただいま。元気そうでよかったよ」

よしよしと頭を撫でると、モカは目を細めて「うにゃん」と鳴く。

「ふふ、熱烈歓迎ね。ところで源郎さん、いつまで厨房に籠っているのかしら〜」

美来の荷物を端に置いて、花代子が厨房に入っていく。

どうやら源郎はキッチンスペースにいるらしい。美来がゆっくりと立ち上がると、ポンと肩を叩かれた。

「おかえりなさい、美来ちゃん。大変だったわね」

「桜坂さん！」

振り向くと、フタの開いたクラッカーを手にした桜坂が、相変わらずの筋骨隆々な姿で美来を優しく見つめている。美来は深々と頭を下げてから、顔を上げた。

「桜坂さん、私は桜坂さんのお店を辞めたのに、度々この店に来てくれたり、面倒を見たりしてくれて、本当にありがとうございました」

「やあねえ水臭い。同業者なんだから協力し合っていくのは当然の話でしょ。それに、美来ちゃんのお店に通ったおかげで、こんなにも素敵な出会いがあったんだもの。あたしはとてもラッキーな猫カフェ店主だと思うわ」

そう言って、桜坂はバチンとウバにウィンクをする。大柄な桜坂にあまり慣れていないウバは「ニャッ」と鳴き、ビョンと後ろに飛びのいた。

「……桜坂さんも、その、ウバたちのことを知ったんですね」

「美来ちゃんが救急車で運ばれた日に、花代子さんから話は聞いたわ。あたし、こういうメルヘンチックな出来事に憧れていたから、とっても嬉しかったの！　なのに源郎さんはずーっと『あれ』でねえ……」

桜坂が頬に手を当てて困ったような顔をする。そこで美来が厨房に行くと、源郎はコンロの下で座り込んでいた。

「聞こえない聞こえない俺にはなんにも聞こえない……」

「源郎さんてば、まだ現実逃避してるの～？　ほんとに重症ねえ」

耳をふさぐ源郎の前でパタパタと花代子が手を振っている。美来が近づいたところ、花代子がフゥとため息をついた。

「お父さん、猫がお喋りしたのがよっぽどショックだったみたい。なかなか現実を受け入れられなくて、この調子なのよ」

「お、お父さん……」

美来が膝をついて源郎と視線を合わせると、ようやく源郎はハッとして美来を見た。

「美来！　よかった。ちょっと痩せたか？　もうお前が心配で心配で、頭がおかしくなりそうだったぞ。病気はちゃんと治したのか？　ごはんはしっかり食べていたか？」

「大丈夫。ごはんもきちんと食べていたよ。お店をずっと任せっきりで、心配もかけてごめんなさい」

「俺はいいんだ。美来が元気ならいいんだ。ただ、ここんとこ心労のせいか幻聴が聞こえるんだ。なんか、猫が喋ってるような気がするんだけど気のせいだよな。な？」

なるほど、これは重症だ。

美来は天を仰ぐ。まあ、しかし、よく考えてみれば、源郎の反応は人としてごく普通なのかもしれない。むしろ、美来や花代子、桜坂が怪異を受け入れすぎなのだろう。

だが、これは現実なのだ。幻聴ではなく、実際にウバたちは言葉を話しているのだから。

少なくともそこだけは理解してもらいたいと、美来は父の肩を叩く。

「お父さん、これは気のせいじゃないんだよ。ウバたちは実際に喋って——」

「美来。源郎は頭が固いゆえ、説得は無駄だぞ。こういった手合いはな、僕たちの存在を目の前で見せて、否応なく現実を受け入れさせるしかないんだ」

「そうそう。ね～ン、源郎さ～ん、あたしたちと遊びましょ～」

モカに続いてジリンまでやって来て、源郎の傍でニャアニャアと騒ぐ。源郎は「うわー！」とお化けでも見たような反応をして、首を横に振った。

「なんでこんな目に遭うんだー！　俺は平和にカフェを経営したいだけなのに！」

「まったく、ふがいない男よの。お母さんのツガイでなければ切って捨ててやるところだわ。源郎よ、そなたのような男はな、現代の言葉で『へたれ』と言うのだぞ。先日ジリンに習ったのじゃ」

「猫にヘタレって言われるって、俺どんだけだよ！」

そこはしっかり突っ込む源郎に、花代子は笑う。

賑やかで、ちょっと滑稽で、楽しいひと時。やっと我が家に帰れた気がして、美来はホッと息をついて家族の情景を眺める。その時、視界の端に黒いものが映った。

反射的に顔を向けると、キッチンの物陰に身を潜めてこちらを見つめる、アイスブルーの瞳と目が合った。

「キリマ！」

美来が駆け寄れば、キリマはビクッと身を震わせ、逃げ出す。何故逃げる⁉　と美来は追いかけた。

店の裏口から出て、美来の家に入り、キリマはリビングを抜けた先の廊下でぴたりと止まった。美来が近づくと、チラリと決まり悪そうに振り向く。

「……キリマ」

声をかけると、キリマは俯いた。そして再び後ろを向き、尻尾を力なく落とす。

「俺……美来に、どんな顔をすればいいかわからないんだ」

久しぶりに聞く、耳に心地よいスマートな声。だが、その声色は落ち込んでいた。

「美来がこうやって無事に戻ってきてくれたのはとても嬉しい。だけど俺は、もしかして物凄く無駄なことをしたんじゃないか、いたずらに美来を悲しませただけなのかなって思うと、なんて言えばいいかわからなくなってしまうんだ」

美来はようやく、キリマの気持ちがわかった気がした。

キリマは決死の覚悟で美来を助けようとしたのだ。しかし美来は死病を再びその身に戻し、自分は助かった。もっと言えば、美来はその死病を治してしまったのだ。

立つ瀬がない。つまりそういうことなのだろう。

美来はひとつ息を吐き、背中を向けるキリマをヒョイと抱き上げた。

「わっ」

「もう、キリマのバカ。無駄なんてひとつもなかったよ。私は間違いなくあの時、キリマに助けられたんだから」

えいっ、と掛け声を出してキリマの体をぐるりと回し、正面に向ける。

「最初に呪いを受けた時は、皆、状況を理解していなかった。私自身さえ、自分の身になにが起こっているのか全くわからなかった。お父さんもお母さんも混乱していて、誰ひとり冷静になれない中、最善の行動なんて起こせるわけがない。そうでしょう?」

キリマの目を見つめて美来が言い含めると、彼女に脇を支えられたキリマはしゅんとしょげた顔をした。ひげも元気がなさそうに下がっている。

「もしかしたら、私はあのまま命を落としていたかもしれない。それを助けてくれたのは、キリマなんだよ」

「でも、美来はこうして無事に戻ってきたじゃないか」

「結果的にはね。キリマが死病を取り込んでくれたおかげで、私は病気を治すための行動を取ることができたの。だからこそ、私はここに立っているんだよ」

すべては因果だ。美来やキリマの取った行動が、後の運命に繋がったのだ。美来は笑顔で、キリマをギュッと抱きしめる。

「キリマは私を助けてくれた。私もキリマを助けたかった。その行動の果てに、私たちの無事があるんだよ。それを、無駄だなんて言わないで」

柔らかな黒い毛並み。頬に触れる尖った耳。心地よい温もり。トクトクと胸打つ、命の鼓動。すべて、キリマが生きているからこそ感じられるものだ。同時に美来が生きていなければ感じられないものでもある。

「……美来……」

キリマは呟き、美来の服に爪を立ててしがみつく。そして小さな顔を、美来に擦りつける。

「美来！　よかった、よかったよ！　美来が生きていてくれて、俺も生き続けることができて、泣きたいほど嬉しいよ！」

「うん、キリマ。ずっと一緒だよ」

わんわんとキリマが泣き出して、美来も目尻に涙を浮かべる。

やがて落ち着いてきたキリマを抱き上げたまま、美来はリビングに戻ってソファに座り、彼を膝に乗せた。

「キリマには、ちゃんとこっちの事情も話しておかないとね」

触り心地のよい背中を撫で、美来が話し始める。

死病の呪いをキリマが取り込んだ後、美来は動物病院に走った。

そこで待っていたのは、「現在の医療ではキリマを助けられない」という残酷な事実。

絶望に心が折れそうになった。しかしその時、美来は「死病とは、一体なんなのか」という純粋な疑問を覚えた。『死病』なんて病名は聞いたことがない。医学的な面で見た死病の正体を知りたくなったのだ。

「私、もしかしたら人間特有の病気なのかなって思ったの。それなら、キリマが治療できないのも道理だからね」

「……どういう、ことだ？」

キリマが不思議そうに首を傾げる。確かに、キリマにはわからない話かもしれないと、美来は軽く微笑んだ。

「私も聞きかじった程度なんだけど、人間と猫は、かかる病気が違うんだよ」

人間も猫も、感染症にはなる。しかし、ウィルスの種類が違うのだ。美来が獣医に聞いたのは「キリマは今、人間の病気にかかっているんですか？」という質問だった。

獣医は頷いた。ありえないことだと言った。これがキリマ以外の猫にも起こっていたら、大変なことだと。

確かに、猫が本来なりえない人間特有の病に侵されていたら、獣医には為す術がない。

だから美来は、獣医に確認したのだ。それはなんという病名なのか。

「キリマが取り込んだ死病は、人間であれば誰でも治療が受けられる病気だった。それがわかったから、私はキリマから死病を受け取ろうと決めたの。自分の体で治すためにね」

「……相手が人間だからこそ、治せる病気だった、ということか」

キリマが納得したように頷く。

そう、あの赤い目をした猫鬼が抱えていた死の病は、今なら治療方法が確立している。しかし、かつての少年が床に伏していた時代は、その病名も治す方法も全くわからず、『祈祷』というまじないによって神に癒してもらうのを待つしかなかった。

そういう時代だったのだ。はるかなる時の流れで見れば、医療の近代化は、ごく最近の出来事だと言えるだろう。

「でも、あの猫鬼が抱えていた病は重篤化していたの。わかりやすく言えば、風邪を拗らせたような状態だったんだよね」

どんな病気であっても、大切なのは早期発見だ。病は重くなるほど、治りが遅くなる。そして猫鬼の持っていた死病の呪いは、人間を容易く重症にさせるものだった。

あの尋常でない苦しみは、そのせいだったのだ。

ゆえに美来は、取れる手段をすべて取った。獣医から聞いた病名をメモに残し、入院してもよいように荷物をまとめ、急を要すると判断して救急車を呼んだ。

すべては自分の命を守るため。少しでも助かる確率を上げるため。

「まあ、治ったからよかったものの、これが本当にどうしようもない病気だったら打つ手がなかったよね」

「人間世界にもまだまだ治療方法のわからない病気があるもんな」

「そういうこと。昔に比べればそりゃ、色々と治療できるようになったけどね。だから私たちは運がよかったんだよ」

キリマを撫でながら、美来が穏やかな目をして言う。

自分たちは運がよかった。でも、次もこんな風にうまくいくとは限らない。だから、美来はキリマに言っておかなければならないことがある。

「もう無茶はしないでね、キリマ」

「う。……ん。努力……する」

キリマは歯切れ悪く返答する。ここで頷いても、いざ美来がピンチに陥ればどうするかわからないと、その顔が物語っていた。

美来は「しょうがない猫めっ」と、キリマの頭をワシワシと強く擦る。

「そうだ、キリマ。ひとつ聞いておかなきゃならないことがあったよ」

「ん？」

キリマが顔を向けて来る。

「あのね、私が倒れた時に、キリマが枕元で言ってたことなんだけど……」

キョトンとしたキリマは、記憶をたどるように目を瞑った。

そして唐突に目をクワッと見開き、ガチンと硬直する。

「実は私、あの時は意識が朦朧としていて、内容をよく覚えていないんだ。なにか、キリマがとても大事なことを言っていた気がするんだけど……」

「わーっ!!」

ベシッとキリマは美来の胸を叩いた。そして四本の足がバネになったみたいにビョンと飛び上がって、ラグマットに倒れる。そのままバタバタと足をばたつかせたあと、せわしなく辺りを歩き始めた。

落ち着きのないその姿を美来が見ていると、やがてキリマは後ろを向いてピタリと止まる。

「……そのまま忘れろ」

「へ？」

「たいしたことは言ってねえから記憶の彼方に捨ててくれ！　うわあー！　俺はなんてことを口走っていたんだ！　恥ずかしい！　俺のバカバカ！　地獄の底に埋まりたい！」

ふぎゃー！　とキリマは奇声を発し、ラグソファの上を転げ回った。

美来はそんなキリマをしばらく眺めて、思わずぷっと噴き出してしまう。

そして立ち上がると、キリマをぎゅっと抱き上げた。

「キリマ、私を助けてくれてありがとう！」

小さな黒猫を高く高く掲げて、美来は満面の笑みを浮かべる。

キリマは照れたような声で「にゃあ」と鳴いた。

柔らかで温かいキリマの毛並みに頬ずりして、美来は幸せな気持ちに目を瞑（つぶ）った。

エピローグ　『ねこのふカフェ』の大きな秘密

街路樹の並ぶ歩道に、柔らかな桜の花びらが舞う。

四月上旬。『ねこのふカフェ』は開店一周年を目前に、連日の忙しさに見舞われていた。

芸達者な猫キャストのおかげで口コミがよく出回り、今や人気のスポットとして遠方からわざわざ遊びに来る客もいる。

美来と花代子も忙しくて、はっきり言って人手が全く足りない状態だ。そんな多忙なランチタイムに、空気を読まない男が現れた。

「やあ美来ちゃん。本日のケーキだよ～」

近所のケーキ屋で働くパティシエ、甘楽だ。美来はランチセットを配膳したあと、小走りで彼のもとへ駆けつける。

「こんにちは、甘楽さん。こちらから取りに行くつもりだったのに、わざわざ持ってきてくれてありがとうございます」

「いいんだよ。美来ちゃんもカフェが忙しいでしょ。うちは接客をパートさんに任せているし、今の時間は手が空くんだよね。店長が『ウロチョロして邪魔だから配達行ってこい』って言うしー」

「あはは……店長さん、なかなか辛辣ですね」

美来も思わず苦笑いだ。他にいい返しが思いつかない。

甘楽の来店に、店内の女性客が大きくざわついた。そう、甘楽は果てしなく軟派だが、顔はすこぶるよいのだ。

「ところで美来ちゃん。こうも毎日忙しいと、お花見も行ってないんじゃない？」

「行ってないですね～」

「だよね～！　というわけでさ、今度遊びに行かない？　駅前で桜祭りが開催されていてさ、色々な催しをやっているんだって！」

後ろでは花代子が忙しく給仕して、マスターの源郎が甘楽を睨みながらコーヒーを淹れている。それなのにどこ吹く風で美来をナンパするこのふてぶてしさは、甘楽の長所なのか短所なのか、今ひとつ判別に困るところだ。

「楽しそうですけど、最近はなかなかお休みがとれなくて……」

「息抜きも必要だよ。なんなら、仕事が終わってから行ってもいいんだよ。桜祭りは夜も営業しているし、お酒でも飲みながら見る夜桜は綺麗だし、ロマンチックだからさ〜」

「お酒ですか？　お酒はちょっと、得意じゃないんですよね」

美来が困った顔をする。その時、足元から声が聞こえた。

「……いい加減にしろよ。呪うぞ？」

それは地獄から這い出てきた鬼の如く、低く怨念の籠った声色。甘楽が「へっ？」と驚いた顔をして下を向くと、黒い毛並みを持つ猫——キリマがジッと彼を睨んでいた。甘楽はそんなキリマを見下ろした後、キョロキョロと辺りを見回す。

「今、声が聞こえてきた気がするけど……」

「えっ、えっとその、空耳だと思いますよ。私は聞こえませんでした！」

「そっか〜。気のせいならいっか。それでさ、美来ちゃん。桜祭りなんだけど」

まだ甘楽は諦めないらしい。しつこさここに極まりだ。キリマは苦虫を噛み潰したような顔をした。

その時、美来の後ろから涼（すず）やかな声が届く。

「申し訳ないが、美来はとても忙しくてね。ケーキはこちらでいただくから、早々にお帰り願いたい」

美来にとってなじみのある声。

振り向くと、そこに立っていたのはこげ茶色のエプロンを巻いたウェイター姿の男性だった。ふわりとした赤茶色の髪に、日本人離れしたエメラルドグリーンの瞳。あどけない美貌を持ったアイドル級の青年である。

「モ、モカ……！」

「なっ、なんだ君は」

自分にひけをとらない。いや、ある意味自分を凌駕（りょうが）した美形を前にして、甘楽が警戒心を露（あら）わにする。青年はにこやかな笑みを浮かべて店内を見回した。それと共にふわあと甘い花の香りが漂（ただよ）って、カフェでお茶と猫を楽しんでいた女性客たちが一斉にとろけた顔をする。

「僕は今日からこの『ねこのふカフェ』で働くスタッフだよ。美来には色々と学ぶこともあるゆえ、あまり彼女を独り占めしないでくれたまえ」

「スタッフだって？　僕は美来ちゃんと他愛ない世間話をしているだけなんだから、邪魔をしないでくれるかな」

美来の頭上で、ふたりの男がバチバチと火花を散らす。こんなにも怒りを露(あら)わにしている甘楽は初めて見たかもしれない。顔のいい男は敵と認定するのだろうか。

キリマが、呆れたようなため息をついた。美来はそんなキリマを抱き上げて困った顔をする。

すると、鈴を思わせる澄んだ声が届く。その声も、美来には聞き覚えがあった。

「すみません。甘楽さんのケーキはとてもおいしくて、お客様にも好評をいただいておりますが、ただ今ランチタイムですので、世間話は今度ゆっくりなさってくださいませ」

「な……っ！」

甘楽がよろりとふらついた。慌てて美来は彼からケーキのトレーを取り上げる。

カフェの玄関に立っていたのは、まさしく絶世の美女だった。艶(つや)めいた瞳に、長い睫毛(まつげ)。濡羽色(ぬればいろ)の黒髪はラフに後ろでまとめているが、うなじにかかった後(おく)れ毛に隠しきれない色気が溢れている。ねこのふカフェの制服の上からでもわかるくびれのあるウエストと形のよい尻に、甘楽の視線は釘付けだ。

「き、き、き、君は？」

「申し遅れました。あたしは今日からここで働いているスタッフですのよ。よろしくしてくださる？　か・ん・ら・様」

美女は彼の傍に近づくと、人差し指でツンと喉元をつつき、そのままツツと顎までなぞる。甘楽はそれだけでブルブルと震えて「ふぁぁ」と妙な声を出した。

「も、もちろんだよ。き、君は、あしたも、ここにいるのかな」

「ええ。主にモーニングタイムの担当ですが、繁忙期はランチタイムでも。いつでもいらしてね。あたし、甘楽様がいらっしゃるのを楽しみにお待ちしております」

フゥ、と、甘楽の耳元に甘い吐息。ぞくぞくと震えた甘楽は「ふぁぁ～」と、再びおかしな声を出した。

「ああ、僕は……運命の女性に出会ってしまった……！」

ふらふらした足取りで甘楽が去っていく。彼を見送る美来の腕の中で、キリマが「心変わり早すぎだろ」と小声で突っ込んだ。

「ふっ、ちょろいわね」

女性がニヤリと妖艶な笑みを浮かべる。美来はそんな彼女を横目で見て、ため息をついた。

「ジリン、モカ……なんなのよ、その格好は」

美来の言葉に、モカはエプロンを摘み、ジリンはくるりと回る。

「なかなか似合うだろう」

「似合うけど、どうしてカフェの制服なの？」

「人手が足りないときだけ、人間に化けてお手伝いすることになったの。お母さんの発案よ！」

ジリンがえっへんと仁王立ちして言う。美来は「お母さんー！」と声を上げてカフェに戻った。

「え～いいじゃない。丁度働き手が足りなかったし。うちには秘密にしなきゃいけない事情があるんだから、スタッフ募集もしづらいでしょ？」

「そ、それはそうだけど」

アイスコーヒーのグラスを五つトレーに置いて、片手で軽々と持ちながら花代子が言う。すると、ランチプレートを三つカウンターに置いた源郎が、観念した様子で給仕するジリンとモカを見た。

「まあ、住み込みスタッフと思えば、悪くない条件だったからな。それに猫も増えたし、二匹くらい抜けても大丈夫だろ」

源郎が「ランチ、二番席に持っていってくれ」と指示してキッチンに戻っていく。

美来はトレーにランチプレートを載せつつチラリと奥を見た。そこでは高台の上にウバがのっしりと座っていて、彼女の周りにはちょこちょこと走り回る子猫が三匹いる。

「や〜ん、可愛い〜！」

「子猫ちゃん、おだんごになってる〜！」

台を取り囲むのは春休み中の学生たち。皆、きゃあきゃあと黄色い声を上げて子猫を写真に収めている。

その時、ウバがこれみよがしにツンツンと賽銭箱(さいせんばこ)を前足で叩いた。

「あ、はいはい。ウバ様、お賽銭です！」

「ニャン」

「わあ、本当に返事した！　ネットにあった通りだね〜！」

「子猫を撮るときもお賽銭ねだるんだよね。子猫を守ってるつもりなのかな、可愛い〜」

　女子たちは大騒ぎしてはウバの賽銭箱に小銭を落とし、子猫をパシャパシャと撮る。三匹の子猫はウバのふわふわ毛がお気に入りで、毛の中に隠れてみたり、小さな足を動かしてウバの上に登ったり、心地よいウバの腹を寝床にして丸くなったりしている。

　ウバはずっとムスッとした顔だが、あれで彼女なりに子猫を可愛がっていることを、美来はよく理解していた。

　あの子猫たちは、例の猫鬼からたくさんの猫が出てきた時の猫だ。殆どは飼い主に返したり、貰い手を見つけたりしたのだが、あの三匹だけが残ってしまった。

　彼らはどうも野良猫だったらしく、あまり人に懐かず、体に怪我を負っていた。そこで美来は、子猫たちを猫スタッフとして『雇用』することにしたのだ。

　幸い、今は怪我もすっかり治っており、両親や美来にも懐き始めている。だが、子猫たちの一番はウバだった。なぜかウバが大好きになった子猫たちは、いつもああやってウバの傍で遊んでいる。そして子猫好きの客が寄ってくるのだ。

「ううむ、まさに客寄せパンダ……」

子猫の力、おそるべし。

ランチプレートを給仕し終えた美来が、ウバに集まる客たちを眺めていると、傍にキリマがやって来た。

「ウバはあれで神様だ。神様って、基本的には面倒見がいいんだよ」

客もいるので、小声で話す。美来はクスクスと笑った。

「お父さんもやっとキリマたちに慣れてきたみたいだね」

「モカとジリンが毎日源郎の周りをウロチョロしてたからな。受け入れざるをえなかったんだろう。……ま、そういう意味では、源郎も美来と同じで、優しい人間だ。恐れを抱いても、迫害はしない。俺たちはいい家に拾われたんだなって思うよ」

フン、と鼻を鳴らしてキリマが言う。

「そう言ってもらえると飼い主冥利(みょうり)に尽きるね」

美来は笑って、店内を見回した。

ジリンとモカは、客に愛想を振りまきながら仕事をしている。女性客はモカの美貌に釘付けで、男性客はずっとジリンのお尻を見ている。ふたりが実は化け猫だなんて、誰も思わないだろう。

ふと、ウバと目が合った。ウバは美来を見つめて「ニャン」と鳴く。そして、「どうだわらわの接客術は。子猫どもを利用し、今以上に信奉と賽銭を増やして力を取り戻してみせようぞ」なんて言わんばかりの不敵な笑みを見せた。

しかし直後、ウバの頭から転げ落ちそうになった子猫に慌てふためき、首根っこをくわえる。

偉そうなのは相変わらずなのに、キリマの言う通り、ウバはとても面倒見がいいらしい。

このカフェは一年前まで、近所の人が時々お喋りに来る程度の古びた喫茶店だった。それが今や、個性豊かな猫たちと、源郎のスペシャルな一杯、そしてほがらかな花代子の愛想が輝く、素敵な猫カフェに変貌した。

すべては、あのうらぶれた神社での出会いが始まりだったのだろう。

それならやはり、ウバとの出会いは運命だったのだ。彼女と出会ったことで歯車が動き出したのだから。

孤独だった神は、仲間となった化け猫と子猫に囲まれて、満たされた顔をしていた。

猫又はのらりくらりと楽しい毎日を、仙狸は周りに皮肉を言いながら平和を満喫している。そして猫鬼は、大切な人の傍に居続ける。
彼らの存在は、家族しか知らないトップシークレットだ。
でも、ここへ訪れる客は、その風変りで芸達者な猫たちに夢中になっている。
ここは『ねこのふカフェ』。
猫神が主を務める、化け猫たちの喫茶店だ。

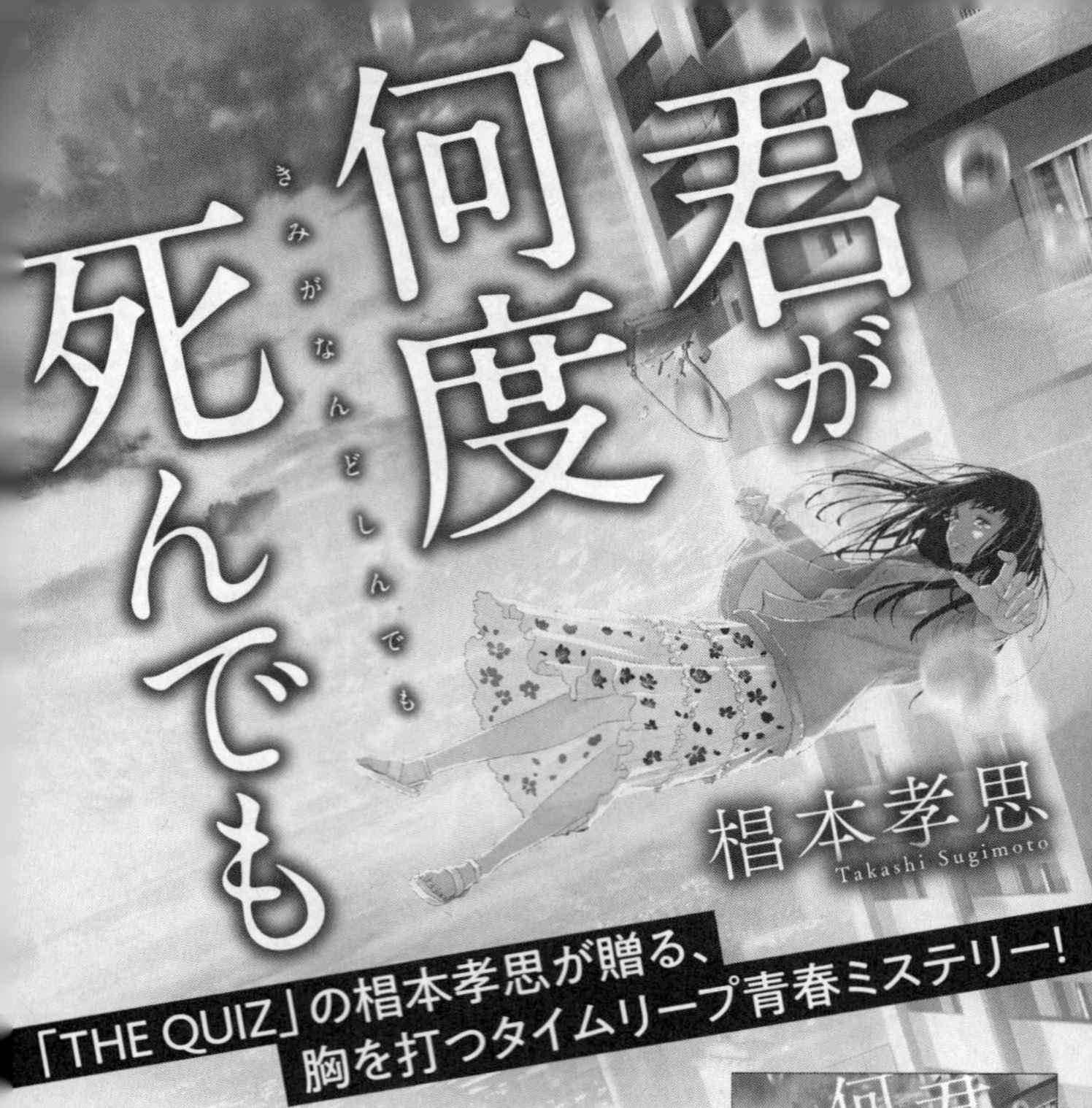

21歳の会社員・市岡守琉は重病の父親を見舞った帰り、自宅マンションの吹き抜けを転落していく女性を目撃する。助けようとエレベーターで下へ降りるが、なぜか一階へは到着せず、代わりに30分前に遡っていた。何が起きたか分からぬまま自宅へと戻ると、今度は女性が自分の部屋で死んでいる。しかもその手には守琉の写真が……。この見知らぬ女性は自分に会いに来たのか？　何のために？　君は一体、誰なんだ？　謎を突き止めるため、そして彼女を救うため、守琉は再びエレベーターに乗り込んだ——

◉定価:本体600円+税　◉ISBN978-4-434-24125-3　◉Illustration:ふすい

邑上主水

Murakami Mondo

花火と一緒に散ったのは、あの夏の記憶だった

奇跡のラストに涙が止まらない！
号泣必至の青春恋愛ミステリー！

事故で陸上競技を断念した杉山秀俊は、新聞部で腐った日々を送っていた。そんな彼に、クラスメイトの霧島野々葉は毎日のようにまとわりついてくる。頭がよくて、他校にも知られるほど可愛い彼女だが、秀俊には単なる鬱陶しい存在だった。あるとき、秀俊は新聞部の企画で、都市伝説「記憶喰い」を取材することになる。そんな秀俊のもとに、企画を知った野々葉がやってきて告げた。「実は私、記憶喰いに記憶を食べてもらったことがあるんだ」

◎定価：本体640円＋税　◎ISBN978-4-434-24798-9　◎illustration：秋月アキラ

本書は、Webサイト「アルファポリス」(https://www.alphapolis.co.jp/)に掲載されていたものを、改稿の上、書籍化したものです。

アルファポリス文庫

猫神主人のばけねこカフェ

桔梗 楓(ききょう かえで)

2018年 7月 31日初版発行
2018年 8月 10日2刷発行

編集-反田理美・羽藤瞳
編集長-塙綾子
発行者-梶本雄介
発行所-株式会社アルファポリス
〒150-6005 東京都渋谷区恵比寿4-20-3 恵比寿ｶﾞｰﾃﾞﾝﾌﾟﾚｲｽﾀﾜｰ5F
TEL 03-6277-1601(営業) 03-6277-1602(編集)
URL http://www.alphapolis.co.jp/
発売元-株式会社星雲社
〒112-0005 東京都文京区水道1-3-30
TEL 03-3868-3275
装丁イラスト-pon-marsh
装丁デザイン-AFTERGLOW
印刷-中央精版印刷株式会社

価格はカバーに表示されてあります。
落丁乱丁の場合はアルファポリスまでご連絡ください。
送料は小社負担でお取り替えします。

ISBN978-4-434-24670-8 C0193